太宰治的词典

北村薰日常推理代表作

[日] 北村薰 / 著

董纾含 / 译

贵州出版集团
贵州人民出版社

DAZAI OSAMU NO JISHO

by Kaoru Kitamura

Copyright © 2015, 2017 Kaoru Kitamura

Commentary on p.273 © 2017 Honobu Yonezawa

All rights reserved.

Originally published in Japan by TOKYO SOGENSHA CO., LTD., Tokyo.

Chinese (in simplified character only) translation rights arranged with

TOKYO SOGENSHA CO., LTD., Japan

through THE SAKAI AGENCY and BARDON CHINESE CREATIVE AGENCY LIMITED.

Simplified Chinese translation copyright © 2025 by Light Reading Culture Media (Beijing) Co., Ltd.

著作权合同登记号 图字：22-2025-005 号

图书在版编目（CIP）数据

太宰治的词典：北村薰日常推理代表作 /（日）北
村薰著；董纾含译 . -- 贵阳：贵州人民出版社，2025.
4. --（S 文库）. -- ISBN 978-7-221-18975-2

Ⅰ . I313.45

中国国家版本馆 CIP 数据核字第 2025BK4185 号

TAIZAIZHI DE CIDIAN (BEICUNXUN RICHANGTUILI DAIBIAOZUO)

太宰治的词典（北村薰日常推理代表作）

［日］北村薰 / 著

董纾含 / 译

选题策划	轻读文库	出 版 人	朱文迅	
责任编辑	欧杨雅兰	特约编辑	杨子兮	

出　　版	贵州出版集团　贵州人民出版社	
地　　址	贵州省贵阳市观山湖区会展东路 SOHO 办公区 A 座	
发　　行	轻读文化传媒（北京）有限公司	
印　　刷	河北鹏润印刷有限公司	
版　　次	2025 年 4 月第 1 版	
印　　次	2025 年 4 月第 1 次印刷	
开　　本	730 毫米 ×940 毫米　1/32	
印　　张	9.375	
字　　数	180 千字	
书　　号	ISBN 978-7-221-18975-2	
定　　价	35.00 元	

关注轻读

客服咨询

太宰治の辞書

为书籍——

目 录

花 火

1

穿过神乐坂的检票口，向左一拐就上了台阶。

抬头一看，站外是一派明朗的秋。不过此刻已近黄昏，白日的时光将尽，只剩最后一丝光明，在微微闪耀着的夕暮之中逐渐融化，黑夜来临。

（或许因为是从地下向上看，所以能感受到比实际更明亮的外部世界吧。）

我如此想道。

我的视角紧随着我自身，从我的立场观察万事万物。念书时，我也曾和现在一样，踩着这段台阶向上走。肩上背着的黑色书包里还放着一本《新潮日本古典集成》。那已经是二十多年前的事了。

因为是上课必须用到的教材，所以我才买下了这本书。结果读着读着，我发现这本书有不少地方都漏印了，简直看不下眼。估计装订成册前负责方都没有好好检查印刷质量。这些问题实在令人无法忽视。

花火

糟糕的是，当初买这本书时拿到的发票早不知被我丢到哪个角落，飘零在回忆的风中了。于是我给出版这本书的新潮社打了电话。

——请问能给您换一本吗？

出版社的工作人员非常真诚地回应了我，于是我说：

——神乐坂那边我每天都会路过，我直接带着书拜访贵社吧。

当时我每天都会坐地铁东西线上学。从大学到神乐坂只需一站地。如果放学后有兴致的话，我还会步行过去。

不过一个人去不太成，我是和一个顺路的朋友同行的。如果是在太阳下山晚的时节，我们会一起随意闲逛到神乐坂。

东京的地铁两站之间距离很短。再加上有人做伴，随意闲聊几句的工夫就到了。那会儿聊天的话题真是要多少有多少。

行走到中途，我们还会路过一个公园。有一次，我们看见公园前面的路上有好几个女孩子排成了一列，唱着那首电视动画主题曲《大家来跳舞》。只见她们一边唱一边挥着胳膊走了过来，和我们擦肩而过。放到现在，这一幕听上去很像是编的，简直就是现代版的花衣魔笛手嘛，太奇怪了。不过在当时，那首歌的确在全国都很流行。

那时候的小女孩现在应该也到而立之年了，说不定有人已经结婚了——一想到这儿，我突然感觉仿佛有一片不可思议的云雾在眼前流动。

当她们在厨房切着白萝卜的时候，清脆地一刀下去，《大家来跳舞》的歌声会不会自然而然地流淌出来呢？

2

爬上矢来町平缓的上坡，我向新潮社走去。

学生时代我带去出版社的那本《新潮日本古典集成》被顺利换成了一本新书。在当时，我去那儿的目的自然就是换书了，不过同时，我也怀揣着一颗想瞧瞧出版社是什么模样的好奇心。关于书籍的工作，始终是我的憧憬所在。

不过，那也已经是二十年前的事了。

新潮社的大厅在这二十年的岁月里并没有改变——至少对于我这个外人来说是这样的。透过入口的玻璃看进去，也能看到一整面的大理石墙面上，印刻着许许多多令人念念不忘的词句。

第一次来的时候，我一边等待工作人员调换书本，一边读着墙上的字。大部分我都读得云山雾罩的。不过我还是认出了《奥州小路》[1]的开篇，以及那墙面一角比较高的地方用细细笔触写着的suzumushi[2]几个字。

（啊，《源氏物语》。）

不知为何，我有些高兴。倘若那字的位置再低一些，我伸出手来就能用指尖去描摹那一笔一画凹陷的痕迹，就仿佛跨越千年之遥，触碰到那只小铃虫一般了。

年号改为平成后，我时隔多年再度走进这个大厅，对前台打了声招呼：

"我是三崎书房的编辑，今天和生田朋代老师约了见面……"

生田老师平时都在美国生活，每年会回日本待个几十天。她会在一些不同寻常的杂志上发表短篇作品，作品的舞台往往在国外，内容摄人心魄。我读了她的作品后很受打动，于是联系到了她，在三崎书房出版了她的一部著作。出版后获得了多方的好评。此次，她的第三部作品又获得了一个十分重要的奖项的提名。

因为这本获提名的作品是新潮社的，所以我们约

----

(1) 日本著名俳句诗人松尾芭蕉的游记。（若无说明，本书脚注均为译者注）

(2) 日文汉字写作"鈴虫"，即铃虫、日本钟蟋，俗名金钟儿。金钟儿的鸣声较奇特，犹如铃声，是日本常见的一种鸣虫。它同时也是《源氏物语》第三十八帖的帖名。

在新潮社一起等待遴选结果。正巧生田老师也回国了，虽然并不是为了拿奖的事专门回来，但这也促成了难得的好机会，她也当我是关系不错的编辑，把我喊来一起见面了。

——恭喜您。

想到接下来很有可能道出这句恭喜，我的心情十分激动。因为要去另外一栋建筑物里等待大奖公布，所以我们会先在大厅会合，然后再一起过去。

"请您先在那边稍等。"

听对方说了这句话，我看向那张黑色的皮椅子。

（以前没有这个东西。）

我注意到了新的改变。

一只庞大的大熊猫吉祥物正手拿书本，眺望远方。它的皮毛还是熟悉的黑白相间，而且穿着一身和它体形完全不同、十分潇洒的前台制服，颜色的搭配也有些相近。当然不是完全一致。总之，就是很正统的制服。

我把包放下，看向墙壁。发现眼前正刻着一首名为《登高》的诗。

不尽长江滚滚来。

这句诗的意思是，长江那滔滔不绝的流水，就这样奔涌而来了。

3

我到得实在太早了，不过时间上有富余也是好事。

我看向旁边的柱子，那边摆了名为《100年前的新潮文库 创刊版 完全复刻》的书，上面还贴着写有"样书"二字的标签。

我特别喜欢复刻本。虽然对收集珠宝钻石没什么兴趣，但复刻本很能激发我的收集欲望。将原稿这种乐谱付梓成形，这就是书籍。做书，就是在演奏。所以，想去聆听一场我心爱旋律的演奏，这是再自然不过的事了。

步入职场，我拿到第一笔工资后最先购买的就是一套复刻本。还记得我当时垂涎欲滴地把那套书一本一本地反复抚摸了好几个来回。

于是，我就像鱼儿奔着鱼饵蜂拥而去似的，向着摆放复刻本的方向走去。

那儿摆着一本封面是绿底，上面有白色孔雀剪影的书。和现在的新潮文库风格完全不同。看上去完全就是新潮文库的"祖先"。我想起了清少纳言的那句"小巧之物皆美"，这句话所谓的"美"，指的是一种可爱的感觉。眼前的复刻本也比现在的文库本要小一圈，很可爱，我顿觉一股爱意涌上心头，不禁伸出了手。

看了一眼布艺的书脊，上面写了"玩偶之家"四个字。文字和花纹用了烫金烫银的工艺。

（这是……）

我记得很清楚，数十年前有一次逛旧书店时，我就见过这个系列。不过翻译书还是得读新译，所以我没买过这个系列的书。结果它如今又以这样的形式出现在我眼前，我颇有种放跑了一条大鱼的感觉，实在有些后悔。

定价是大正三年的定价。25钱，相当便宜了。制作得如此精致，环衬、封面和扉页的设计也非常棒，如此定价竟然能做到这种程度，太令人佩服了。

我随手翻到娜拉的丈夫形容她是"小鸟儿""小松鼠"的那一页，读了起来。每个人都有独属于自己的表达习惯。换作是我，如果我的伴侣总是坚持要我回归家庭，我大概会觉得非常沮丧吧。不过，伴侣实际上很支持那个坚持工作，并且乐在其中的我。简单来说，在他心里，鸟儿得有翅膀才是真正的鸟儿。他能这样想，也是我的幸运。

那么，一个爱书之人接下来会翻看哪一部分呢？答案是：卷尾的出版一览。

（这个系列还出了什么其他的书呢？）

列表里的第一本是列夫·托尔斯泰的《人生论》，后面也跟着好几本其他的书。我正要翻页，手指的动作突然顿住了。

皮埃尔·洛蒂《日本印象记（全）》高濑俊郎译

好令人怀念的名字。皮埃尔·洛蒂。如今知道他的人应该少了，过去可是有很多人读过他的作品的。

我刚就职三崎书房的时候，读了石垣凛的《将手靠拢在火焰上》。里面讲到了"二战"刚结束，作者出门去买蔬菜和米面的事。她中途遭遇盘查，被带去了警察局。于是石垣凛在等待审讯期间翻开了《阿菊》。应该是岩波文库的版本吧。于是有个警察问她："你看的是皮埃尔·洛蒂？"随后便只收走了她的大米，把其他东西都还给她，让她走了。

盘查他人者，和遭受盘查者的心灵，就这样被一本书联系到了一起。我想，在这一刻，他们是心意相通的同胞。

记得这句话，是由翻译、研究拉伯雷的日本著名法国文学研究者渡边一夫说的。读高中时给我带来最大影响的法国文学作品，就是阿纳托尔·法朗士的《泰绮思》、罗曼·罗兰的《约翰·克里斯朵夫》，然后就是皮埃尔·洛蒂的《一个非洲骑兵的故事》了。

《泰绮思》这部作品不但有小说，也有歌剧，歌剧作品中的《泰绮思冥想曲》非常有名。《约翰·克里斯朵夫》就不需赘述了。过去，它甚至被列入学生的必读书目。不过，最后一位，皮埃尔·洛蒂，他的知名度现在下跌得未免太厉害了。

当然，我这个想法完全是出于个人感受。总之，过去的人经常会读皮埃尔·洛蒂。

不管他的代表作如何，在我心里，这本《日本印象记》算是留在我记忆之中的最佳作。因为芥川龙之介还以此为原型写了一部作品呢。

4

出版一览上的介绍是这样形容这本书的："法兰西文豪洛蒂于明治十九年来到日本，写下了他最初的所见即所闻。书中包含日光、京都、滨离宫、吉原，观察方式与常人相比更突出，实乃趣味盎然之佳作。"

说得没错，这本书的内容正是如此。

法国海军军官洛蒂在书中描写了日本。他还写到了鹿鸣馆的舞会。没错，洛蒂的文字，正是芥川龙之介创作《舞会》的原点。

我的毕业论文写的是芥川龙之介和菊池宽。自然也在当时读了很多他们写的书。

其中被江藤淳提名为最爱的芥川作品就是它了。我记得很清楚。

《舞会》的开篇第一句是：

那是明治十九年十一月三日的晚上。

"明治十九年"被新潮社明确写在了介绍洛蒂的

文案之中。日期则是明治天皇的生日，这一天人们会用大朵的菊花做装饰。在当时，这一天被称为"天长节"，也就是如今的文化之日。

芥川基本可以被认定为一位大正时期的作家。他去世时年仅三十五岁，明治十九年的时候他尚未出生。那是他出生之前的幽暗彼岸，给人遥不可及之感。那儿仿佛闪耀着光芒。于是，芥川就仿佛在远眺那怀旧的光芒一般，写下了这作品中的第一句。

主人公是第一次参加舞会的十七岁大小姐，明子。生活在往昔的年轻人儿轻盈地踏上鹿鸣馆的楼梯，瓦斯灯耀眼夺目，还处处装饰着色彩缤纷的菊花。从那高高的台阶之上，流淌下来的是约舞的音乐旋律……

"您好，让您久等了。"

正当我畅想到这一步的时候，身后突然传来一个声音，是新潮社的男编辑。我转过头，正看到他那戴着眼镜的一张脸。

"没关系的。"

打过招呼后，我才想起自己手上还拿着那本复刻本，于是急忙把书放了回去。

这位天庭饱满、戴着眼镜的编辑看上去应该比我年轻。一直到前一阵子，我工作上遇到的人还都是年纪比我大的老师，我也一直觉得这样是理所当然的。可不知从何时起，理所当然，变成了"理所

"不当然"。

"生田老师快到了，咱们会合之后一起走吧。"

"好的……"

我回答到一半，思路突然从皮埃尔·洛蒂跳转联想到了其他的作家。

"……说起来。"

估计眼前这位编辑根本不理解我这个没头没脑的"说起来"吧，我继续道："据说贵社此次出版的三岛全集把之前没有收录过的作品也放进去了，对吧？"

其实，从我自己的体感角度来讲，是"前阵子"，不过我用了"此次"这个词。最近我发现我以为的"前阵子"竟然是十年前了。时间的加速真是令人发指。我不由得感慨：孩提时代时光流逝的速度是多么悠闲、缓慢啊。

关于时间的唏嘘暂且不提，说到《三岛由纪夫全集》，新潮社自然当仁不让。该社过去出版过的全集册数已经相当"宏伟"，这次新推出的"决定版"更是青出于蓝。甚至还随书附上七张CD，即包含相关朗读、演讲、演唱内容的"有声"卷。要是换了学生时代的我听说这个消息，估计都会怀疑自己的耳朵。

"应该是这样……"

"某一卷里收录了三岛和……江户川乱步还是芥川比吕志的一个座谈会，是吧？"

当然，我指的不是"有声"卷，是印刷的那部分。

"和乱步吗？"

"是的。"

"您是要调查些什么吗？"

"我的意思是，三岛有一个地方讲错了。那个其实应该是……速记导致的错误。"

我的话似乎让对方更加混乱迷茫了。但是我已经没有时间再把洛蒂和三岛的关系也解释清楚了。

"啊？"

"所以我就想知道这一次全集会怎么处理……"

不管是否听懂了对方的话，只要听闻是涉及了正误问题的，就会非常在意，这就是编辑。戴眼镜的老师瞟了一眼表，然后对我说：

"如果只需要确认全集里是否收录了那场座谈会，那还是可以简单做到的，请您再稍等一下……"

说罢，他就向着电梯一溜小跑着离开了。

5

没过十分钟他就回来了，告诉我那篇座谈没有收录进去。这还真是蛮意外的。

"如果是对谈倒还好，但是人数一多就收不进去了。座谈会的话，三岛发言的比率就会变低。"

"的确。"

确实要考虑一个收录标准。要是把所有座谈会都收录进去，估计书里会放不下的。

"不过这一套书里也收录了一些内容比较有趣的座谈会呢。"

在我们聊天的过程中，大奖主办方出版社的负责人还有生田老师也都到了。我们走出大厅，略走几步就到了新潮社俱乐部。据说这儿是给一些作家写稿子的地方。从大门走进去，路过玄关，里面是一间日式房间——说简单点，它就是一个普通的独门独户住宅。

我们一边吃着外卖送来的寿司，一边浅酌啤酒，等待评选结果出炉。我们听生田老师讲述美国生活见闻听得热闹极了，看上去所有人似乎都已忘了奖项的事。不过大家心里其实都非常紧张忐忑吧，我也是一样。

编辑和作者的心情差不多，甚至比作者更加期待作品拿奖。虽然这么形容有些出言不逊了，但那心情很像是一种……父母心。

左等右等结果还是不出，真令人忐忑。我不由得回忆起小时候去看牙医时排队等待叫号的心情。

不过，那个瞬间终归还是到了。

挂断了电话的生田老师眨着那双大眼睛，对我们说：

"真是抱歉。"

特意把大家聚在一起，结果不尽如人意——这声道歉的潜台词大概就是这句话吧。我们虽然不是评选人，但不知为何心底里也对生田老师涌起一阵歉意。

如果是男性作家，收到不如意的通知之后大概会再开个"惜败会"一类的东西吧，不过我们这次就只是聊了几句，然后大家就解散了。

这会儿回家，到家的时间差不多得到晚上十点了。

前年我们建了属于自己的房子。位置就在小田急沿线一片开山得来的住宅地。我老家在埼玉，年轻时我一直觉得出了山手线那个圆圈之外向西的位置属于"异界"。而如今我本人就住在这片异界之中。

我们之所以会住在这儿，也拜伴侣的父亲，就是孩子的爷爷所赐。是他打来了一通电话告诉我们：

"我们家附近有一户人搬家了，现在那边是空地。虽然还没开始宣传，但他们是准备把那片地皮卖掉的。"

我们举家去那儿看了一下，空地距离车站只需五分钟。那儿的坡道比较多，多少有些高低差，不过对于上班族来说已经算是求之不得的一个地方了。孩子的爷爷奶奶家，就住在我家百步开外的下坡。

孩子爷爷一看到有人去那片空地"勘察"就会凑

过去收集信息。多亏了他，我们知道应该去找哪家不动产公司打听，这才没有错过这片地皮。

刚走到表参道，正赶上小田急线的地铁到站。我今天很走运地在九点半就到家了。

儿子加入了中学棒球部。他从小学起就开始打少年棒球。大家都说儿子的容貌像我，我也觉得蛮像的，而且心里还为这件事窃喜。但是我毫无运动神经，这一点儿子没有随我，真是谢天谢地。

儿子训练结束后在七点左右回家了。现在是十月，天黑得越来越早了。

至于我呢？如果是杂志的责编，到了快要校对完成时就得留在公司工作到深夜。不过三崎书房没有做杂志这条线。书籍相关的工作大多可以带回家做。当然，在公司工作效率更高，我以前经常加班到很晚。有了孩子之后就没法一直加班了。不过当时我的上司们也都会劝我早点回去，真是帮了大忙。

不过说句实话，我其实更想在公司多待一会儿。因为在职场上更轻松。毕竟回到家做完家务，还要从深夜开始工作——就算再怎么热爱，一直工作下去只会令人疲惫。

话虽如此，在那些单身男人的眼中，我大概就只是早早就跑回家的人吧。

6

儿子热了咖喱，已经吃完了。家里还微微残留着咖喱的香气。

差不多快到十点了，到这个时间，和学习比起来，我其实更想催儿子：

"你早点睡吧。"

棒球部每天早上七点就要开始晨练。我家的小孩会在六点起床。这个起床时间不是强制的，是他喜欢在这个时间起床。喜欢是非常重要的一件事，据说一旦成绩下滑，他们就要被迫停止社团活动。

没法做自己喜欢的事情肯定很难受，但我最在意的其实是他的身体。

对于现在的中学生来说，十点睡觉可能有点早。但儿子可能也比较累了吧，我命令他"快睡"的时候他都会好好听话。而且一躺下很快就睡着了。

我公司的上司，出版部长天城从十年前开始养起了猫咪。

"猫咪最近如何呀？"

她听到我的提问就马上回答：

"一个劲儿睡觉，饭都顾不上吃。"

猫咪都爱睡觉，睡觉才能成长。

反正我已经在神乐坂吃过寿司，这就足够。我一边回味着今天的经历，一边望着书架上的文库本。有了——

《黑蜥蜴》，学研M文库出版。

我拿出那本书，倒上茶，一边品茶一边翻开了书。

这本书收录了三岛的剧本《黑蜥蜴》、该剧本的相关文章，还有和美轮明宏的对谈。卷头有彩色的舞台照片，卷末是三岛和美轮明宏的对话。还加入了非常细致的分析说明。真是一本宝藏。看到这本书时，我脑海中甚至浮现出做这本书的人那副渴念的模样。于是我就买下了这本书。

说到"渴念"，三岛有一篇名叫《荒唐无稽》的随笔。他在随笔中提到自己想写这样的故事：用电影镜头诠释就是——主人公被一只凶残的老虎追杀，逃着逃着，前方出现了一条河，里面有一只鳄鱼张着大嘴。千钧一发——主人公情急之下猛地躲闪开来，于是乎，精彩！一跃而起的老虎跳入鳄鱼口中，主人公最终九死一生。

另一边，乱步有一篇随笔作品叫作《残虐的乡愁》。现实的悲惨和痛苦令人全然无法忍受。但是，从幻影之城眺望，那些残酷的幻想便带上了诡异的光辉。大概会让人产生一种窥视故事故乡的感觉吧。

如此想来，三岛感受到的，可能正是存在于遥远故乡的"对荒唐无稽的乡愁"吧。

他以"夜晚的梦才是本真"[3]的乱步原创为基础，

称"我们的梦，就是实现一个能让满是谎言的内在背后也能闪耀真实之光的舞台"而开始动笔时，想必也是"渴念"的模样吧。

没错，眼下最重要的不是乱步或三岛的《黑蜥蜴》这部作品，而是这本文库本里收录的乱步、三岛、芥川比吕志、杉村春子等出席的座谈会。几个人聊了"侦探小说和戏剧的相似点""阿加莎·克里斯蒂笔下的侦探剧""演员与变装"等话题。

关于这个"变装"的问题，芥川比吕志站在演员的立场上表示"即便用了变装的手法，演员也依然会展露出他们的个性，他们不会彻底成为别人。我讨厌那种无视这一点，还认为演员能彻底化身成为别人的想法"。他的意见给了我不少启发。虽然乱步在座谈会一开篇就谦虚地表示"这篇东西的内容说不上有多么丰富多彩"，可实际上大家的话题精彩纷呈，独属于每个人的观点都在熠熠闪光，是一场内容相当不错的座谈会。

我读了那篇"解题"，它最初于昭和三十三年刊登于旧《宝石》十月号。大约就是在建造东京塔的时候吧。《宝石》是现在已经不复存在的宝石社出版的杂志。

除上面提到的出版物外，这场座谈会就只被收录于新保博久、山前让编纂的《乱步》下卷（平成六年讲谈社）之中。真是暴殄天物啊。

他们还从"怪谈和科学类电影"聊到了"从希腊戏剧到《半七捕物帐》"的话题，此处三岛这样说道：

三岛：按皮埃尔·洛蒂的说法，希腊是什么都有，唯独没有小说和香烟。

就是这里弄错了，但对话若无其事地继续下去：

江户川：《达芙尼与克罗埃》一类的东西是很久之后才有的了。不过希腊确实是有哲学、戏剧、诗歌……

芥川：此事成谜，对吧。

两个人是这样聊下去的，这也让读者感到有一丝莫名。

7

我的书架上也摆了不少学生时代就读过的书，如今依然记忆犹新。因为它们已经陪伴我很久了，所以我们的感情也相当深厚。

我抽出一本阿尔伯特·蒂博代的《小说的美学》

21

（生岛辽一 译，人文书院 出版）。

第一章《小说读者》的开头是这么写的：

皮埃尔·路易[4]在某个有趣的小短篇中曾得出这样一个结论：纵观希腊文明和现代文明之中（对于他来说唯一有价值的事物）人们得到的所谓收获快乐的方式，你会发现现代人其实只发明了一项新的放纵娱乐的方式，那就是吸烟。

没错，这话不是皮埃尔·洛蒂说的，而是皮埃尔·路易说的。而且，接下来还有：

就由我佯装严肃，指出这么一点吧：我认为他忘记了另外一种新的能让自己感到快乐，并且可以舒舒服服地消磨时间的方式。而且，作为一位小说家，把这一方式忘记，可真是够令人感到意外的了。我所指的这种方式就是阅读小说。希腊人不吸烟，也不读小说。他们对这两种能令人愉悦地消磨时间的方式，一无所知。

也就是说，皮埃尔·路易提到了"吸烟"，蒂博代则又添加了"小说"这一选项。

_____

(4) 皮埃尔·路易（Pierre Louÿs，1870—1925），法国象征主义诗人、小说家，代表作是《比利提斯之歌》。

顺带一提，蒂博代书中提到的"某个有趣的小短篇"，指的就是他的《新的娱乐》一文。这篇文章被收录于集英社出版的《世界短篇文学全集6》中。且不提当下，对于我们那个时代爱读小说的人来说，这本书可是相当亲切了。

在那部作品中，一名来自古希腊的女人深夜造访皮埃尔·路易，并对他说：所有这一切，全都是自古就有的，在你们的时代，根本没有任何新鲜事。

这剧情很符合喜爱希腊文化的路易的个人气质，文中女人说话时也表现得颇为爽快得意。

我从书架靠上的位置抽出那本《世界短篇文学全集6》，是小松清翻译的。

"提出思维和存在具有同一性（我思故我在）的不是笛卡儿，而是巴门尼德。没错，提出思维对象同一性的也不是康德，而是巴门尼德。而这两句话之中，就包含了现代的所有学派。"

"牛顿只需要阅读我们时代的亚里士多德著作中的一页就够了。关于宇宙引力的法则，早在两千年前就已公之于众了。"

"美洲也是亚里士多德发现的哦，这不是什么捏造的假说，而是历史上公开的事实。亚里士多德已知晓地球是圆的了。而且（读读他的书吧，书上都写了的）还提到，要想找到一条去印度的路，建议向着'西方赫拉克勒斯之柱的彼岸'而去。那个哥伦布只不过是重新践行了一遍这个计划罢了。不过，我们这个时代的人认为，应该将发现的名誉归还给最初想到这些的那个人的头脑，而非实践这种发现的劳动者。"

差不多就是这样的内容。总之，整段内容就仿佛在听一个解谜的侦探用一种不合理的逻辑进行推演一般，倒也自有其爽快所在。

女人又接着说：你们根本没有创造出什么"全新的享乐的战栗"。听她讲到这儿，路易一边"哎呀呀"地嗟叹摇头，一边递出一支香烟。

——来一支如何？

到这一步，似乎可以顺势得出"我们的时代，就只有虚无的烟草燃烧出的雾"这样一句话吧，但事实并非如此。因为路易是超级大"烟迷"，无时不在积极提倡吸烟。所以在他的小说中，那个对希腊极尽标榜之能事的女性，在接下了他递过来的一支小小卷烟，吸了一口之后，顿时失去了语言，陷入沉醉恍惚之中。

这简直是一段宣传香烟的广告内容。而关于这段内容，蒂博代补充道：

——还有读书的快乐哦。

这个"希腊人与香烟以及读书"的小故事似乎非常能够触动爱书之人的心弦，我在其他一些地方也读到过这段内容。

《小说的美学》是很久之前就有译本的作品。对法国文学一向十分关心的三岛自然是读到过的。正因如此，他才会说出我在前文中摘抄的那句话吧。而在这方面，三岛是不可能搞错的。

如果是不慎把"路易"和"蒂博代"两个人的发言都误记成了"路易"一人，那倒还可以理解。然而"皮埃尔·路易"和"皮埃尔·洛蒂"，这完全是两个不同的人。

在自己熟识的领域里怎么可能出现这种弄混的情况呢？就好像维也纳咖啡是喝的，维也纳香肠是吃的一样，不可能弄混啊。饭后又点了香肠的可不是三岛。这儿应该还是负责对谈速记的工作人员搞错了。

或许，是因为抄写的人出于固定观念，一听到"皮埃尔"，脑子里就自动冒出了"洛蒂"，而他可能不认识"皮埃尔·路易"，所以才会搞错的吧。

如此说来，可能还真是这么回事了。听到"夏目"一定会想到"漱石"。听到"芥川"就会觉得后面跟着"龙之介"。这也足以证明皮埃尔·洛蒂的名字在过去人的心中有多么熟悉。

想到这儿，我的伴侣回来了。

8

翌日，我在去上班之前先跑去书店做了一下调查。

我的调查内容是新书的摆放情况。清楚自己负责的图书周围都摆了些什么书，都是怎么摆放的，这对于一名编辑来说也相当重要。

关于书店，我也曾有一段糟糕的记忆。

在我还是个新人时，曾被一个身上有浓浓潦倒气质的前辈榊原训斥过。榊原做出过超级畅销书的业绩，于是我就在酒桌上说了一句："那应该赚了不少钱吧，真是功劳显赫呀。"于是被他回敬了一句："卖书的哪会讲什么赚钱啊。"我"啊？"地感到迷茫，正在踌躇间，一旁的天城帮我翻译了一下榊原这句话的意思。

"因为有些书明知会亏本也应该出版。书店是为了让那些不好卖的书能够问世，所以才去赚钱的。如果赚到钱，那第一时间想到的就是：哎呀，那亏到这个金额也不要紧了。"

当时尚年轻的我大受感动。的确，很多出版社出版的图书，都给人一种他们不在乎是否能赚到钱的感觉。

我去神保町一家老牌书店时，遇到过一位非常亲切的店员。因为对方态度特别好，我就把上文提到的这件逸事告诉了对方。那位店员当场什么都没说，可是我第二次去那家店的时候，那位店员将我喊去角落，告诉我：

"前一阵子听您讲的那件事，我把它转述给了其他公司营业部门的员工，于是对方说'这纯属说谎'。"

当时尚年轻的我大受震撼。我感觉自己鼻头一酸，眼泪都要掉出来了，颇有一种自己珍视的东西被人踩在脚底的心碎。甚至对告诉我这些的店员也产生了厌恶感。

见我这副模样，那位店员继续道：

"对于编辑来说，就算一本书不好卖，只要能把它做出来也就满足了。可对于负责营销的人来说，书卖不出去的话，他们该如何满足？"

我一惊。

对方是在劝诫我啊。甚至贴心地特意假借"其他公司"之口说出了这一切。事实上，这位店员或许根本没有和"别的公司的员工"聊了这些。

在全都是编辑的酒桌上，的确可以那么说话。大家各有各的立场，每个立场之上都需要一些有骨气的人。可是出门在外，员工本身就会变成公司的脸面，"就算亏本了也是好书"这种说法太过骄傲自大了。这对于要和这种"亏本"打交道的人来说简直难以忍受。

对于有些书来说，需要它的人很少，但是的确存在。既然如此，那我们就应该去努力做出即便每本的单价都很高，但依然有人愿意买的"好书"，不是吗？

27

像榊原前辈这样业绩卓越，实际能够让新书畅销的人，说出那些话来倒也无可厚非。可是一个初出茅庐的小姑娘张口就说这种"胡话"，的确会让他人看不下去的吧。

"谢谢您。"

我深深低下头。店员也温柔地冲我微微一笑。

那还是书籍比较好卖时的事情了。

如今，那位张口闭口都把"这蠢货！"挂在嘴边的榊原前辈，也在两年前去世了。他乍看之下有些难以接近，其实是个非常热心的人。榊原前辈学生时代曾经创作短歌，也是因为短歌而为人知晓。关于他，我始终难以忘怀。

榊原前辈的老家在群马前桥。那城镇的水系非常漂亮。他时常会和我们谈起前桥名产烤豆包。

"我想买点给大家尝尝，可是那玩意儿必须吃现烤的，放凉了就不好吃了。"

他总会这么说。

"有些东西呀，就是带不走呢。"

9

抵达公司时正好三点整。等在办公室的是一盒有点奇怪的点心。不是豆包，是煎饼。

这是出差归来的饭山给大家带的特产。看样子是在等我回来。

"青森的高级点心呢。"

饭山抱着点心盒子，把盒子的里侧展示给我看，一张娃娃脸上绽放出大大的微笑。

"猜它叫什么？"

天城问我。因为他们是夫妻，所以天城肯定已经知道这点心的名字了。天城在户籍上也姓饭山。不过出版界的女性婚后大多还是维持旧姓。有些人是出于个人原则不愿变更，而且像做出版这样一个与人关联密切的工作，中途更换姓氏会遇到不少麻烦。

一个年轻同事可可爱爱地说：

"欸，只有青森这一条线索可太少了，猜不出来啦。"

"提示词是太宰治，还有煎饼。"

好难。

"斜阳煎饼！"

有人喊道。

"不对不对。"

我提了一句：

"啃吧！梅洛斯。(5)"

"嗯，还挺有独创性的，不过不太成啊。"

---

(5) 太宰治的小说《走れメロス》（跑吧梅洛斯）的谐音《かじれメロス》（啃吧梅洛斯）。

说着，饭山把那淡茶色的包装正面转向我，上面写着"生而为人，没墨煎饼[6]"。点心盒子上画着一个颇有林家三平气质的太宰治，摆出"实在抱歉"模样，身体前倾着低头鞠躬。

"这实在是……算我输了。"

包装上还写了这么一句话：

"苦恼"有时出乎意料地可以通过饱腹感抚平。来吧，咔吱咔吱地嚼起煎饼来，把太宰治那样的苦恼，都用美味解决得一干二净吧！

"写得蛮顽强的。"

有人说了这么一句。的确，倘若精神被逼上了绝境，那么首先呈现出来的一定是丧失食欲。稍微来点热乎的牛奶或小粥，就会舒服不少。只要能吃得下，就不至于彻底被苦恼的深渊淹没。

（诸如此类，不过，这说法恐怕在一些人看来也是相当傻气的吧。）

"这个包装纸，可以给我吗？"

"可以哦。"

就好像吃到好吃的东西，就忍不住想让孩子也尝尝那样，看到有趣的东西，就也想拿给家人看看。这煎饼能勾起我的这种想法，看来它作为商品算是

---

(6) 此处取太宰治的作品《二十世纪旗手》的副标题，同时也是他极富代表意义的一句话"生まれてすみません"（生而为人，我很抱歉）的谐音，戏改成了"生まれて墨ませんべい"。

成功了。

包装上的糨糊不太好撕掉，我在尽量保证不弄破的情况下想办法把盒子抽走，留下了包装。

"生而为人，我很抱歉。太宰治的作品《二十世纪旗手》的副标题。"——我在写了这行字的位置将纸折了一次，然后又对折塞进了自己的提包。

我打开分装小袋，里面是两枚非常薄的煎饼。煎饼是墨黑色的，因为里面用了墨鱼的墨。为什么用黑色呢？因为黑色是苦恼的颜色吗？

在我看来，商品名已经拔萃到了那个程度，味道什么的其实已经无所谓了。明明主角是点心，这点心却带点买椟还珠的感觉。可出乎我意料的是，这煎饼非常美味，又酥又脆。它有点像曲奇饼干，又隐约有点像东北传统的那种南部煎饼的远亲，而且非常轻薄。要靠这个吃到饱估计得相当困难，不过的确轻轻松松就能入口。

（如果有了它，那么只喝得下一点牛奶的时候，说不定也能配上两块这样的煎饼垫垫肚子了。）

能不能用名篇的题目给点心起名字？我们展开了一阵百花齐放的讨论。不过实践起来还是很难的。我提了一个：

"我是可可 [7]。"

---

[7] 将夏目漱石的作品《我是猫》（吾輩は猫である）取谐音戏改为《我是可可》（吾輩はココである）。

在吃到了意料之外的点心之后，我和天城聊到了那两位皮埃尔的事。

天城可以流畅地阅读法语书。对于我这种连英语书都读得不太顺溜的人来说简直是惊为天人。过去她在青山某家店的露台一边喝着红茶一边读法语书，还曾被法国人搭过讪。

所以她对法国作家比较熟悉。

关于把路易换成了洛蒂的事，天城也说：

"你的想法没错，应该是负责速记的那个人搞错了。"

"所以三岛没看一下排版文件就让书下印了吗？"

天城稍作思忖，随后问：

"初次刊登在哪儿，文艺杂志上？"

"昭和三十年代的《宝石》。"

"如果是这样的话……估计他应该确实没看吧。"

天城立刻回答。看来她脑中能够立刻浮现起当年的杂志《宝石》是什么模样了。真是一位有能力的好前辈。不过接下来我又受到了新的震撼。

我又告诉她，我之前摸到了那本创刊版新潮文库的复刻本。

"文库目录上写了有皮埃尔·洛蒂的书。但是那本还没出复刻本。"

"洛蒂的哪本？"

"《日本印象记》。"

她又想了想问：

"之后又有了《秋天的日本》的译本是吧。"

"就是它。就是这书的第一版译本。"

"我有这本书哦。"

10

我哑口无言地后退一步，摊开双手，摆出一个惊愕的动作。

"那可是上百年前的书了……"

天城前辈笑了。

"不要用打量百岁老人的眼神看我好不好。"

"啊，对不起。"

"这本书之前在旧书店有卖，我看到一些比较少见的书都会收集的。"

第二天她就把那本书拿来了。

的确，正是我在新潮社大厅拿在手里端详的那个书系的书。版权页上写了"大正三年十一月十四日发行"，是早于我看到的复刻本《人偶之家》一个月出版的。

纸张虽然已经泛黄，但是这本书依然非常美丽。不过毕竟是老物件，为了避免弄伤书页，我翻得很紧张。

我是想看看这部作品和芥川的作品之间的关系，所以翻到了"二、江户舞会"这一页。

首先映入眼帘的是鹿鸣馆的邀请函。

　　值皇帝陛下诞辰之际，外务大臣及伯爵夫人恳请阁下莅临鹿鸣馆，如若大驾光临，必不胜荣幸。

　　届时将举办舞会活动

这张邀请函描着金边，原本的语言为法语。

种种迂余曲折暂且不提，且看鹿鸣馆——洛蒂审视日本的目光是很严格的，他将鹿鸣馆形容成是"一点美感都没有，好似温泉游乐场一般"的地方。让人忍不住想吐槽"差不多得了吧"。

舞厅在二楼，洛蒂一行人向楼上走去。

那里装饰了三层象征日本的菊。墙壁边缘是蔷薇色的菊花"高耸得好似树木，花朵仿佛向日葵般硕大"，再前一些是"颜色好似金凤花一般熠熠闪光的菊花""扎成一束束的花儿竞相绽放"。然后最低的位置是"恍如美丽的雪，或成串的流苏一般装饰着楼梯，好似一座座花坛般的菊花"。

我把这些内容，和我带来公司的那本芥川的文库

本相比较。芥川的《舞会》是这么写的:

　　在雪亮的瓦斯灯的照耀下，宽阔的台阶两侧摆了三层的菊花花篱装饰，那花朵硕大近乎人造。最里层的菊花是水红色的，中间是浓郁的黄色，摆在最前面的是如雪的白色，那白色花瓣仿佛流苏，竞相绽放着。

　　芥川的作品《舞会》之中的女主人公明子年仅十七岁。她"接受过法语和舞蹈的教育，但今晚是她有生以来第一次参加正式的舞会"。
　　明子生得无比美貌，人人见到她都会投以惊艳的目光。于是，一名法国的海军军官走到她的身旁说:
　　"可否与您共舞一曲?"

　　很快，明子便和那位法国海军军官跳起了《蓝色多瑙河》的华尔兹。那军官的脸被太阳晒得黢黑，五官深邃鲜明，留着浓密的胡须。明子本该将自己戴了长手套的手臂轻搭在对方那穿着军服的左肩上，可她的个子实在不够高。不过，那位军官似乎早已习惯了这种场合，他巧妙地配合着明子，二人轻盈地在人群中起舞。

11

洛蒂印象最深刻的小姐，是一位"手拿华丽花束，穿着蔷薇色和服，身材娇小的姑娘，年纪至多也就十五岁"。

"她还只是个小孩，在那份充满欢欣又稚气未脱的欢跳之中，她能胜过所有人。如果她再做些打扮，如果她的妆容没有任何欠缺之处，那她应该就是一个真正的美人了。小姐十分了解我所说的一切，而且面带可爱的微笑，每次我不小心说错了日语，她都会纠正我。"

在西方人眼中，日本人要比他们的实际年龄看上去更年轻。洛蒂以为"只有十五岁"的女孩或许已经十七岁了，出现这种情况也属正常。

"她那戴着长手套的手指十分灵巧地端起冰激凌，吃得体面又好看。"

芥川龙之介笔下的明子也和军官一起吃了冰激凌。军官还对她说："您可以直接去参加巴黎的舞会。"

"这样一来，必然是举座震惊。因为您简直就像安托万·华托画中的公主一样。"

明子并不认识华托。所以，那位军官说的这句话所唤起的一番美妙过往的幻梦，那幽暗森林的喷泉和逐渐凋敝的蔷薇的幻梦，都在转瞬之间消失得无影无踪了。不过，明子的感受力要比常人敏锐很多，所以她一边动着手中的冰激凌匙，一边也没忘记抓住仅剩的那个话题。

"我也想参加巴黎的舞会呢。"

"不，巴黎的舞会和这儿的舞会完全相同。"

那海军军官一边说着，一边环顾围绕在二人所坐的餐桌边的人潮和菊花。随后，一抹讽刺的笑容好似浪潮在他眼底涌动。他停下手中的冰激凌匙，又说：

"不光是巴黎，舞会在哪儿都是一样的。"

军官的一番发言，自然是芥川的原创。

洛蒂他们的最后一曲华尔兹跳了很久，所以"感觉有些热"，"于是准备去露台凉快，就推开窗不知去了哪儿"。

户外的夜色广阔无垠。天空中绽放起花火。

一小时后，明子和法国军官依然手挽着手，和一大群日本人还有外国人一同涌出舞厅走到室外，站在那能够看到月夜繁星的露台上。

隔着一道栏杆，露台对面，大片的针叶林种满宽敞的庭院。那些树木的枝丫悄然交叠在一起。树梢亮着星点红灯笼的光亮。而且，在寒冷空气的最下一层，是从楼下的庭院里飘上来的苔藓香以及落叶的气息。其中还隐隐飘荡着寂寥的，秋日的一呼与一吸。

海军军官默默仰望着月夜繁星，明子抬头望着他，问道：

"您是在思念您的祖国吗？"

于是军官摇摇头。

"不过您的确在思考着什么吧？"

"那你猜猜看。"

这时，聚集在露台的人群再度热闹起来，好似一阵风声喧嚣。明子和海军军官暂停了交谈，抬眼看向那压在庭院针叶林之上的夜空。正巧看到红色和蓝色的花火在黑夜之中呈放射状四散开来，又转瞬而逝。不知为何，明子突然觉得那花火美得令人倍感忧伤。

那名法国海军军官温柔地低头看着明子的脸，随后仿佛在教育她一样如是说：

"我思考着花火，思考宛如我们生命一般的，花火。"

12

那是人生中先行一步之人所说的话，是深知凝望那花火绽放的一瞬一去不复返之人所说的话。年轻的我对这句话的印象十分深刻，读到的一瞬，就仿佛有人在耳畔对我倾诉一般。

我在《江藤淳著作集2 作家论集》（讲谈社）中读

到了江藤淳对这部作品的评价。今早我在去公司的地铁上又重读了他的这篇名叫《芥川龙之介》的文章。

《舞会》这部作品已经不能说是短篇，而要被算作一部超短篇幅的小品了。可对于我来说，读过百余篇芥川龙之介的作品后，这篇小品仍是我的最爱。文中没有芥川初期作品《鼻子》《山药粥》之中的那种轻妙诙谐，不含其晚年作品《玄鹤山房》和《海市蜃楼》之中的鬼气森然，也令人察觉不出在作者自杀后才公开发表的《某傻瓜的一生》《齿轮》里潜藏着的那种作者被逼到绝境的痛苦悲鸣声。所以，我为什么如此喜爱这篇《舞会》呢？

或许，是因为我喜欢鹿鸣馆夜空那片刻闪耀后便消失无踪的花火吧。

接下来，江藤提道："十七岁的贵族小姐明子眼中的鹿鸣馆舞会，它展现出来的与其说是日本开化时代一派宛如锦绘的社交界，不如说更像十九世纪西洋那个业已完善的社交界。当时的那些速成洋装女士能否跳出快节奏的维也纳华尔兹都是个问题，更不用说卡德里尔舞[8]或是玛祖卡[9]了。不过要这样吹毛求

---

(8) 十八世纪至十九世纪法国等地流行的舞蹈，由两对或四对男女组成方阵舞蹈。

(9) 波兰民族舞蹈，四分之三或八分之三拍，节奏活泼。

花火

疵，恐怕也没个头。"不过对比阅读后就能明白，芥川可以说完全忠实地再现了洛蒂的记录。而事实上当时出席舞会的人也确实跳了"维也纳华尔兹"。

江藤又说：

那"法国海军军官""仿佛在教育她一样"如是说：
"我在思考着花火，思考宛如我们生命一般的，花火。"

这句话其实也略微有些表演痕迹。

江藤说得很对。不过对于我们这些坐在台下的观众来说，这种"故作姿态"其实也令人喜欢。

不过，总的来说，我们多少还是要用历史的眼光纵观全篇的。在这个一眼就会被看穿的、虚假的、人造的世界之中，唯有那最富人造性质的花火，才毋庸置疑是真实存在的。它的确在鹿鸣馆的上空绽放开来了。看到那花火"在黑夜之中呈放射状四散开来，又转瞬而逝"。十七岁的débutante[10]感到悲伤。而她凝望花火的悲哀视线，正和芥川龙之介的视线重叠在了一起。在这篇小说中，一切事物都是为了这场花火而存在的。

---

(10) 首次进入上流社交场合的富家年轻女子。

江藤论作之中谈到的"要用历史的眼光纵观全篇的，在这个一眼就会被看穿的、虚假的、人造的世界之中……"这句话中谈及的"历史"其实指的并不是历史本身，而是芥川创作的那个虚构的世界。不过，真实的历史之中那个可以跳起华尔兹的鹿鸣馆，不正是"如假包换的"一个"虚假的、人造的世界"吗？

倘若如此，那么也正因为是鹿鸣馆，芥川才用自己的一支笔，在它屋顶的夜空之中燃放出了"毋庸置疑，真实存在的花火"，不是吗？

芥川并未去评价洛蒂这名作家本身。当得知洛蒂去世，芥川在《时事新报》刊登的一篇名为《心如所愿》的文章中写道：他并不是一位伟大的作家，难望同时代其他作家之项背。

而芥川之所以在《舞会》之中借用洛蒂笔下的故事背景，或许也是因为他意识到了双重的"虚构舞台"的必然性。其一，是仿佛外国人透过西洋镜所观察到的日本。其二，便是鹿鸣馆的存在自身所具备的人造感吧。

13

刻意向已有的优秀理论考证靠拢，再故意挑它的刺，这做法是非常恶劣的。我不喜欢这样。但是眼下这个情况，我却不得不这么做。一想到这儿，真不由得直冒冷汗。

说起来，《舞会》首次问世时的结尾和单行本结尾并不相同。虽然芥川作品中最有名的一个改写作品是《罗生门》，但《舞会》其实也一样。

《舞会》的最后，有一段发生在多年以后的情节。

随着光阴流逝，时间来到大正七年。明子已经成了一位老夫人。这一天，她和一名青年小说家同乘一列火车。看到青年手中拿着的一束菊花，她不由得回忆起了鹿鸣馆的那一晚，并将那段往事讲给男青年听。

青年问老夫人，您还记得那位法国军官的名字吗？

在第一版《舞会》中，接下来的内容如下：

"我当然记得。他名叫Julien Viaud。我想您应该也认识他吧？这就是那位写下《阿菊夫人》的作家皮埃尔·洛蒂先生的本名呀。"

不过，之后芥川又改写为：

于是，那位H老夫人做出了一个出乎人意料的回答。

"我当然记得。他名叫Julien Viaud。"

"那他就是洛蒂啊！是那位写了《阿菊夫人》的作家皮埃尔·洛蒂呀！"

青年感到愉快而兴奋。H老夫人则一脸诧异地看着青年的面庞，无数次喃喃道：

"不，他不叫洛蒂。他叫朱利安·维奥呀。"

江藤认为，"这个结尾虽然显得贴心，但未免太重逻辑。这篇文章不过短短十几页，作者却能围绕着这篇短文唤起读者关于皮埃尔·洛蒂的文学记忆。作者仅仅通过寥寥几行讽刺的文字，就展现出了实际接触到洛蒂的肉体却不知其名字的，无比丰饶的明治文明开化期，与一切都只愿通过名号去理解的，推崇教养主义的大正之空虚，这二者之间的距离。这种技巧不可谓不亮眼。然而，我在阅读时虽会惊叹这种亮眼的文笔，但同时，这个结尾并没给我留下任何深刻的印象"。

"仅仅通过寥寥几行讽刺的文字，就展现出了实际接触到洛蒂的肉体却不知其名字的，无比丰饶的明治文明开化期，与一切都只愿通过名号去理解的，推崇教养主义的大正之空虚，这二者之间的距离。"——倘若这真的是芥川创作时故意为之，那实在很难让人接受。当然，江藤本人并不会这么想吧。但从结果来看，确实也可以这么说。

写作者，阅读者。这二者的存在就是如此。

以上提到的，都是读过《舞会》现在的这个结局后给出的评价了。作品的形态是由作者决定的。不过连已经删掉的内容都被读到，这恐怕就很糟糕了吧。不过，既然被人读到，那就会产生意见。把这个结尾改掉之后，新的版本明显好多了。一部作品最追求的大概就是这一点吧。

　　主要登场人物是历史上实际存在的名人——在文章的最后揭露这一点，这属于故事创作中的一种手法。我立刻就能举出几个同类型的作品。那个男人就是如假包换的夏目漱石啊！他就是马基雅维利呀！等等。别说近现代的这些小说了，传统的歌舞伎艺术也是这一类型的宝库。如果假设读者是坐在白洲[11]的观众，那么这种类型不就正符合"远山阿金"[12]的模式吗？

　　也就是说，如果维持那个最初的版本，就会落入这种常见的"窠臼"之中，用芥川的风格如此收尾，将会把这整篇作品都破坏掉。《舞会》的着眼点，自然是在别的地方。

　　修改后的最终形态，等于是来了个将计就计，反将一军。什么"窠臼"，根本不重要。在露台上和那位海军军官并肩遥望花火的瞬间，并非因他是什么有

---

(11)　日本能表演中，能舞台与观众席之间铺有大粒白沙子的区域。
(12)　歌舞伎中的角色名，关于该角色的名场面便是在千钧一发之际袒露出身上的樱花文身，表明身份。

名人所以才珍贵。那一瞬，是超越了"窠臼"的，极为纯粹的一瞬间。

明子有着超群的感性，她不认识皮埃尔·洛蒂，这并没什么不自然的。觉得不自然，就只是爱读书者的自命不凡罢了。记得某位作家写过，自己那准备去进修英美文学的妹妹竟然不认识爱伦·坡，真是令他大吃一惊。那么就算是学习文科，也会遇到这种情况。在一众健康的，拥有优越感性的大小姐之中，真正会去翻一翻文学书籍的人其实屈指可数。喜欢音乐、喜欢美术、喜欢体育、喜欢运动、喜欢科学、喜欢数学……世人的喜好是多样的。我因为自己喜欢书，竟把如此理所当然的一件事忘记了。而相对地，我们也并不知道这世上的一个普通女孩子，她都懂些什么。

此事暂且不提，我们还是看看"花火"吧，提到这儿，江藤用十分优美的语言阐释道：

在社交界"崭露头角"，是对在人生之中"崭露头角"的一种仪式性的表现方式。这一点毋庸置疑。也正因如此，深谙社交界的西欧作家们，才热衷于描写第一次参加舞会的，美少女们忐忑的内心。芥川抓住了这象征性的一瞬间，在他的笔下，那个璀璨地展现出了明子之"生动"的、鹿鸣馆的夜会，也伴随花火转瞬消失了。将欢乐与哀伤两相对比的做法甚至可以说是陈腐的。然而，它却又那般打动人心。因为现实之中，没有任何一场夜会，任何一场美丽的花火，能像这一晚的一样辉煌璀璨，又转瞬即逝。文学作品之中的现实性就是这么回事。在本篇作品中，当芥川于内在虚空之中放飞花火的一瞬，其现实性内核得以成立。

14

说起来，关于这个《舞会》的后续部分，我有两点比较在意之处。

第一点是，大正七年成了"老夫人"的明子究竟多大岁数了。明治十九年，也就是1886年。大正七年，也就是1918年。所以是在32年后。这么一算，明子其实也才四十九岁而已，哎呀！

的确，过去大多数人甚至都活不过五十岁。明治时期的报纸上还会把四十岁的人称为"老太太"。真是可怕。

芥川只活了三十来岁就去世了。这么一想，那在他看来，四十九岁的女性或许真的是"老夫人"了吧。

等到自己也活到那个岁数时就明白了。就算跨过了四十岁的坎，我依然觉得自己和三十来岁那会儿没什么变化（只是我的个人想法）。

还有一点，这可不是刚刚那种沉重的话题（只是开个玩笑）。在作品中，那个青年作家就是芥川，他还让自己说出了"那位写了《阿菊夫人》的作家皮埃尔·洛蒂呀"这句话。

他让文中之人用理所当然的口吻说了这样一句话。但是，等等——芥川在这里写的可不是《阿菊》，而是《阿菊夫人》。

石垣凛在战后出门购买物资时，随身携带的是一本文库本的《阿菊》。此书原本应该是大正四年，新潮社出版的。译者是野上臼川，即野上丰一郎。野上丰一郎的妻子，便是野上弥生子。而《舞会》一文，成篇于大正八年。

洛蒂的《阿菊》以日本为故事背景，得到了极为广泛的阅读。昭和四年本书被录入岩波文库。按照这个逻辑来看，芥川故意在文中写成《阿菊夫人》，这看上去可不能说是"普通"了。

关于这一点，我十分介怀。

译本《阿菊》出版之际，芥川和野上之间关系如何？我有点想查查看了。

于是，这一周的周日，我去了图书馆。

我家的小孩周末有学校社团的活动。我得先提早赶去学校，然后去图书馆，最后去超市——骑着我那辆运转自如的自行车。

我会尽量去看孩子的社团练习。毕竟，想参与这些也只能趁现在了。就在前阵子，我发现儿子已经长得和我一样高了。

（那孩子，以前明明只有那么小呢。）

想到这儿，我不由得生出某种不可思议的心情。我们的视线是同一个高度了。我的孩子的视野，很快就会高过我了。那原本属于孩童的柔软双颊，会逐渐变成青年人的模样。

《舞会》中的明子在十七岁那年踏上了鹿鸣馆的台阶。我十七岁的时候，是什么样子来着？还有我的孩子，再过几年，他也十七岁了——时间啊，真的转瞬就过去了。

星期日，是一个秋高气爽的好天气。非常适合晾晒衣物。我正在晾着洗好的衣物时，伴侣来替了我的班，多亏他，我立刻出发向儿子的中学赶去。

空气非常清爽，我们住的这片区域坡道众多，街道下边两米就是他们练习的场地，还包含一片可以停自行车的空间。

按照惯例，隔着隔网观看练习的地点早已定好。妈妈们都聚集在那里。一节普通的练习是三十分钟，如果是红白战就需要大约两小时，可以自由观看。

儿子打少年棒球那阵子是可以大声应援的，但是现在不行了。如果他靠近过来，冲他挥手人家还要嫌我烦。不过，这大概也算是一种成长吧。

有些妈妈还会带着水壶和点心过来。我也会带些糖果，还有可以一边看球一边吃的小包装巧克力。大家交换食物，同时也交换信息。

"前阵子不是让他们掏池塘了嘛。"

校队主力三垒手的妈妈说。

"欸？"

"就是那儿呀。"

她手指了指学校的池塘，一片 biotope[13]。那片池塘面积并不大。

"我还以为怎么了呢。他回来之后，我都还没开口问，他自己先气鼓鼓地都说了。好像是因为有个参加练习的同学迟到了，所以连带责任，老师就让他们一块去打扫池塘。"

诸如此类，总之，从别人那儿可以听到我家孩子不会告诉我的事情。

今天主要是一些跑步类的体能训练，可看的东西比较少。我确认过他在训练的队伍里之后，就返回到了我的自行车旁。虽然超市更近些，但买了东西太占手，所以我决定最后再去超市。

抵达图书馆。出于工作需要，我几乎每天都会来这儿查阅资料。但出于个人兴趣来这儿的感受完全不同，我有种回到学生时代一般的喜悦。

我要查查野上白川，即野上丰一郎和芥川的关

---

(13) 群落生境，指在城市中建造或复原动物、植物、人类可共存的生息空间。

系。全集一般都附有详细的索引。马上就能找到。

首先，在芥川的《关于漱石老师》一文中是这么写的：

木曜会[14]

大正四五年间，我们一众人——我和久米君，松冈君，现已在东北帝大[15]任教的小宫丰隆老师，野上白川老师等，常常出入于夏目老师的宅邸。

所以他们是彼此认识的。此外，芥川于大正六年写给江口涣和佐藤春夫的书简中谈道：

拜复：

关于罗生门会一事，实属惶恐，不过如果能够举办，我也十分感激。我准备给以下文坛中人赠送新书：

森田、铃木、小宫、阿部、安倍、和辻、久保田、秦、谷崎、后藤、野上、山宫、日夏、山本

野上的名字也在其中。

洛蒂的译本之中，最有名的就数《阿菊》了。关于此事，同时代的芥川不可能不知情。更何况还是他

---

[14] 夏目漱石的学生和仰慕他的年轻文学家们聚集在漱石家中，进行各种讨论的聚会。因每周四举行而得名。

[15] 日本东北大学。

认识的人翻译的。

《阿菊》由新潮社出版的时间是在大正四年。《舞会》之中结尾部分那名青年小说家和老夫人明子的交谈，是发生在大正七年。既然如此，那么没有使用市面上通用的书名，而是在文章中写作《阿菊夫人》，这恐怕就是芥川自己的意思了。虽说不至于是对通用的翻译不满意，但他可能是想摆摆样子，表示自己读了《阿菊夫人》（Madam Chrysanthéme）原文吧。

同时，在《野上弥生子日记》中比较久远的一段记录显示，大正十三年二月二十一日，芥川拜访了野上的家。

我在一旁听内田和芥川对话，非常有趣。

那简直就是才气勃发的竞争，因为在这场竞争之中，件件事都是那么出人意料。

不过，最终大家都不过是小丑罢了。

说什么人生的名优，其实最终不就是人生的小丑吗？那个大象肚脐的话题还蛮有趣的。

这几行字很有野上弥生子的风格，她还真是想到什么就忠实地记录下来了啊。而那两个人就这样被她比作"小丑演员"。真够辛辣的！

这里的内田，指的是内田百闲。那个"大象肚脐"指的是什么不太清楚。总之，即便如此出入野上

51

的家宅，芥川却依然没在《舞会》里使用《阿菊》这个版本的译法。看样子，这位作家的风格，能从许多角度窥得一二。

15

这一次，在思索《舞会》的时候，我头脑中立刻浮现出了《基督徒之死》和《傻瓜的一生》。

前者中的那句"人生在世，最珍贵的便是那千金不换的，刹那之间绝顶的感动"，我在念初中时第一次读到就记住了，一直记到现在。

然后，就是后者关于"火花"的一段描写：

于是，眼前一根架在空中的电线上突然迸发出紫色的火花，令他莫名感动。他上衣的口袋里藏着他写的稿子，那篇文章是准备发表在他们的同人杂志上的。他一边在雨中前行着，一边扭头抬眼去看那根架空电线。

那根电线依然迸发着耀眼的火花。纵观人生，他似乎没有特别想要的东西。可是，唯有这紫色的火花，这在空中激烈迸溅的火花，哪怕用他的生命去换，他也想抓住它。

这一段的标题名就是"火花"，直击人心。是

"他"在将死之际，回想年轻时难得一见的火花。

说到这儿，江藤的那篇《芥川龙之介》中，竟然也引用了这篇文章。我是大约二十年前读过的，所以彻底忘了。

江藤认为《傻瓜的一生》之中的"火花"，只是一个平凡的词语而已。

若要将这个"火花"和《舞会》的"花火"做对比，那应该要扎根于更加深刻的经历之中才行了。《傻瓜的一生》可以称为芥川下决心自杀后写下的一篇富有文学性的遗书。在这篇文章中，他强忍千疮百孔的神经的痛苦，尽力做到坦率地"告白"自己的一生。可是，即便如此，我仍认为这篇文章之中"火花"的元素，并没有做到《舞会》中"花火"那样的真实感。它给我带来一种难以磨灭的"这不过是一种修辞，只是话说得好听而已"的印象。换句话说，"花火"可以说是在芥川内心绽放了，而"火花"则无法在那片虚空中放电。

这也为我们重新去思考芥川龙之介作品中"告白"的含义提供了一定的线索。也就是说，他是一个无法用"告白"的形式阐述真实的作家。而这个"真实"，其实并不是他本人真实生活中的体验，以及这体验使其蒙受的一些创伤。而是"木梨没有掉落就好了"[16]一

---

(16) 出自芥川龙之介《将军》。

类的说法，或者"因过度的喜悦泫然欲泣"[17]一类，紧握托尔斯泰的手，以屠格涅夫的风格来表现，仅此而已。

《舞会》的"花火"拥有文学的真实性，《傻瓜的一生》之中的"火花"却体现不出这一点。这恰恰证实了我以上的推测。于作家而言，所谓"真实"，绝不能是印刻在作品之中的，文学的真实性之外的东西。于芥川而言，这"真实"的实体，就是抒情。芥川龙之介这位作家本质上就是一位抒情大师。机智、丰富的学识、创作虚构作品的才能，一切都不过只是这本质的附庸。因为这抒情之中贯彻了一种理想主义的性格，所以我才坚信，没有这些"必需品"，芥川龙之介是无法去阐述"真实"的。这一点恰恰和那些自然主义作家的主张完全相反。他们认为，坦率告白自己的个人体验，这才是"真实"的，并且他们能够将其中产生的抒情性看作一种诗意。

芥川的本质不是理智的，而是抒情的。他是一个无法通过坦率告白自己的个人体验，去阐述"真实"的作家。当我想到他人生尽头那段时光时，这番对于芥川的评价，就激起了我极为强烈的感受。

---

(17) 出自芥川龙之介《山鹬》，主角是托尔斯泰和屠格涅夫。

16

此外，还有一人评价了《舞会》，那就是三岛由纪夫。对此我记忆犹新——想找三岛的资料还是比较简单的。

只要找到中公文库出版的那本三岛的《作家论》，应该就能从中找出他对《舞会》的评价了。应该不难。没承想，这本《作家论》里并没有收录三岛对芥川龙之介的评价，真是可惜。

接下来我在三岛全集里找到了所需内容。它出现在角川文库出版的《南京的基督》解说篇里。我之前读到的恐怕也是这篇文章。

有趣的是，三岛在评价《舞会》前，先谈到了《手帕》。三岛在文中称："之所以将这篇作品放在开篇，是因为我深信该短篇乃是芥川作品中完成度最高的一部作品。"

看样子，这本书是由三岛由纪夫挑选的芥川龙之介名作选。从这层意义来讲，这本书的存在也是相当珍贵的。

三岛认为该作讲的是一个"否定美谈的故事"。虽然其结局看似"画蛇添足"，但"此处正是作者自身所谓的'形式'之美。人生与表演之间有相通之处，作者的自我意识有着极度的洁癖，他在《手帕》中无意识地将西山夫人定型化了的人生呈现视作一种静态的'形式'之美。这种形式之美，就像能剧艺术中某一刹那的形式一般熠熠闪光，与短篇这样一种短小精悍的形式融为一体。"

同时，三岛还在《关于芥川龙之介》一题的文章中，如此讲道：

重视"告白"性质的作品，一味抬高其晚年作品的价值，这不过是评传作者的一种任性罢了。该挑选出来的，应该是更加精巧的故事。

于是，我从芥川的诸多作品中选择了《秋山图》《舞会》和《手帕》。《手帕》可以说是达到了短篇小说的极致。

有意思的是，印象里我曾经还读过关于批判《手帕》的理论。我请工作人员从书库找来了伊藤整全集，拿出其中的第十九卷——《作家论》。单说这一卷的话，我家里其实也有。不过灵光一现就能马上找到，也是一大幸事。我翻到了《作家论》中关于"芥川龙之介"的段落。

对对，就是这儿。伊藤整的评价是"《手帕》这个小短篇的结尾，就好似一场粗糙的智力游戏"。

一个说《手帕》是"短篇小说的极致"，一个说"这个小短篇的结尾，就好似一场粗糙的智力游戏"。这两个评价简直一个天上一个地下，或许这就是阅读文学评论的妙趣之处。

小说在被写出来的那一刻，还不能算是完成品。要被阅读才算最终完成。一篇小说也绝不是孤立存在的。

那么，最关键的《舞会》的评价又如何呢？关于这篇作品，伊藤整貌似并没有特别提及。

再回到三岛的《南京的基督》解说之中，他如此写道：

这是一篇美妙的，富有乐感的短篇小说。这篇文章凝聚了芥川所拥有的最为优秀的东西，它同时又是芥川自身所轻视的事物的结晶。它拥有那般轻盈、青春、青涩的感伤。那不是一种被时代思潮所荼毒的，酷似哲学的忧郁，而是在正青春的光景之中自然流露出的，死亡的叹息。在该短篇的高潮之处，洛蒂凝望着花火吐露出的那句话是多么优美。那是无比富有乐感的，转瞬即逝的生命，以及死亡的意象。

三岛也是一名剧作家，他不会将那句"我思考着花火，思考宛如我们生命一般的，花火"评价为"有表演痕迹"。有表演的感觉才是自然的。因为它正是一句绽放在那虚无夜空的舞台之上的台词啊。

这篇小说还提及了安托万·华托。而芥川本质上拥有华托一般的才华。华托生活在一个错误的时代与国家。他明明不适合讽刺与冷笑，却被迫戴上了讽刺与冷笑的假面浮沉于世间。或许略有过誉，但《舞会》这部短篇，的确是让他真正的洛可可式的天赋幸运地得到了发挥。

17

记得还是在我们建好了新房，刚刚搬进新家不久的事。我和丈夫一起去赶七点钟的通勤电车，结果车厢内拥挤不堪。不夸张地说，我简直要被挤碎压扁了。光是挤一次就足够让人望而却步。

自那之后，我丈夫改成每天五点半起床，趁着电车还不算拥挤的时候出门。儿子也要早起参加学校的社团活动。

所以，我们一家人只有早饭会坐在一起吃。全家齐聚在餐桌前，真的很开心。

早饭不吃面包，吃的是米饭。

我从其他棒球儿童的妈妈那儿听到了很多关于饮食的信息。

——要重视蛋白质和碳水化合物的摄入。

因为不太能一大早就开始吃肉，所以早餐桌上的常客就成了鸡蛋。早饭菜品可以说是专为棒球少年准备，其中还会附加包含超多食材的味噌汤。

我们家的孩子最爱吃鸡蛋拌饭。

吃完早饭后，丈夫最先出门，他会走到大门口，摆出一个笑眯眯的表情然后出发。

当孩子喊了声"我出门啦"然后离开之后，我会走到二楼的阳台，一直看着他向那个下坡走过去。望着孩子的背影渐行渐远，他就那么不知不觉间成了中学生。

孩子五岁那年，在母亲节画了一张我的画，还附上了一段话，送给了我。

给妈妈：

　　谢谢妈妈为了我一直工作。

　　不过，我希望

　　妈妈可以不去工作

　　要是没办法的话

　　希望妈妈能尽早别工作了。

我换位思考了一下孩子的感受，忍不住为他心痛。可是我最终也没有辞职。我暗暗发誓：既然都让孩子这么难过了，那我就应该工作得更加出色才行。

当父母的把孩子这份礼物郑重地保管了起来。可是等孩子读了小学高年级，我拿出来给他看的时候，这孩子早已经把这件事忘得一干二净了。

而且还说：

59

"快把这破玩意儿扔了吧。"

——谁会扔啊。

坡道走到一半，会经过孩子的爷爷家。

儿子和爷爷关系很不错。所以在他每天上学的时候，爷爷会走到大门外伸出手。儿子会和爷爷击掌，然后在早晨清爽的空气之中，向着坡道下头跑去。

而爷爷则会转过身来，向着我们家的方向，冲我挥手。

这就是我们家族每天早上的固定活动。

早饭后收拾好餐桌，我会稍微做点家务。就算前一天工作到很晚，早上我也不会再睡回笼觉了。晚上能够睡够三小时就行。我觉得睡个不长的回笼觉反倒会让人觉得疲惫。

出门上班前，我从书架上抽出了那本三岛的《小说家的假期》。因为其中收有对华托的《舟发西苔岛》（*Pèlerinage à l'île de Cythère*）的讲解。

洛可可的世界仅在画布之上方能免于崩毁。因为依附于华托那辉煌璀璨的外在之中的精神，需凭借自身的运动方得以从逐渐崩塌的内在危机之中逃脱。在画作完成的瞬间，各种情与念都消散而去，唯余那些仿佛肉眼可见的音乐一般的东西留存。

三岛曾说"芥川本质上就拥有华托一般的才华"，

还说《舞会》是"能让他真正的洛可可式的天赋幸运地得到了发挥"的作品。而且在这作品之中还能聆听"音乐"。"华托一般的""洛可可式的",这些表述,就和江藤淳所谓"芥川本质上就是一位抒情大师"的说法是相通的。

洛可可式的作品大多是优美轻盈、细腻典雅,具有贵族风情的作品吧。三岛虽然给人一种强悍之感,但他建造的居所却是洛可可风格的。

三岛由纪夫在其自作剧本《鹿鸣馆》上演之际,曾于文学座的节目单上写下了这样一句话:

历史的缺点,就是只会记录发生的事,却不会记录没发生的事。

回忆至此,满载清晨阳光的厨房,忽然被那天鹅绒般的夜色笼罩。

耳畔回荡起昨天似曾聆听过的,法国海军军官的低语。柔和地——仿佛一段音乐在回荡。那一瞬,我的一双耳朵重返十七岁的夜晚。

……我此话并非恭维,我认为您完全可以直接出席巴黎的舞会。这样一来,必然是举座震惊……因为您简直就像安托万·华托画中的公主一样……

女 生 徒

1

不停，不停地向上。

就像耕作有农忙期和农闲期一样，编辑也有属于自己的农忙和农闲，那就是校对结束前和结束后。大学的电梯也是一样，拥挤时期和空闲时期非常明确。

如果赶在授课前来大学，有时甚至根本挤不进电梯。可是一旦错开那个时间段，走进电梯就好似幽闭在岩屋里的山椒鱼[18]一般，寒冷凄凉，孑然一身。话虽如此，但它也不准备中途拉谁入伙，毕竟这电梯不会每层都停，独自坐电梯，它会一条直线地把我送到目的地所在楼层，也不失为一件好事。

独自默不作声（真的开始说话反倒比较可怕）地乘坐电梯，我忍不住会想：

---

[18] 指井伏鳟二的短篇小说《山椒鱼》，该作品讲的是一条山椒鱼因为身体越长越大，渐渐无法离开自己居住的岩屋的故事。

女生徒

——电梯竟然可以这么安静地运行吗！

这所大学的电梯比三崎书房的电梯大很多。在不断上升的过程中，只能听到通风换气声。

二十年前我还是学生时，这个位置就建着高楼。因为我居住的那片区域最高的建筑就是四层高的高中和市政府了，所以当时的我从校舍中庭抬头仰望，就不禁会感慨一声：

不愧是大学啊。

我也不记得那大楼有多少层了，高得惊人的大楼如今也在不断更新换代，如今这幢新大楼面积是旧楼的1.5倍。哎呀呀，真是日新月异。

电梯门上有窗，中途经过的各个楼层的地面和墙壁都随着电梯上升而不断向下消失。

目的地所在楼层到了，我走出了电梯，电梯门发出闭合的金属撞击音。午后明亮的阳光透过窗户照射进了室内。

今天我来大学拜访谷丘光树老师的研究室，约好和他聊聊工作上的事。谷丘老师目前在为三崎选书这个书系撰写新书。

认识谷丘老师，还是从我阅读一本莫扎特CD的指南书开始的。那本指南里收录了谷丘老师写的一篇随笔。内容是他年轻时关于莫扎特的一些回忆。笔触克制、深刻有品位，深深感染了我。

当时的我涉世未深，并不认识谷丘老师，于是在读那篇随笔时，我想当然地以为老师是音乐领域的专业人士。没想到这位作者的专业竟然是"古希腊哲学"，真是令我大吃一惊。

——当这柔和的文字在书写一些专业领域的、根源性的或崭新的内容时，它又会呈现出怎样的风貌呢？

我想，一定会让读者爱不释手吧！

我事先做了一些调查，准备了一份选题计划，在选题会议上提了出来。

从内容上看，这个选题划定为"选书"范畴。三崎选书的主要负责人是饭山，但不可能靠一个人去做整个系列的所有书。

如果有谁主动表示"非常想负责某本书"，那么这个人就承担起了制作该书的责任。这或许也是规模较小的出版社的一大特点。

不知是不是因为我收集的资料质量还不错，总之我报的选题通过了，也联系上了谷丘老师。

老师现在就在我当年毕业的大学任教。真是占据了天时地利。从公司出发，步行到九段下，乘地铁很快就抵达目的地了。尤其是，我能重走大学时期反复走过的那条老路，这从某种意义上讲简直就仿佛回到了老家一样。

于是，我便常趁谷丘老师有空时拜访他的研究室，和他讨论选书刊行事宜。

2

老师的研究室位于边角，透过门上小窗能看到屋内亮着灯。因为研究室采光好得过分，所以我甚至分辨不出这个光究竟是开了室内灯还是自然光源。

大门一侧安了一个提示板，上面有"在房间""在上课""外出中"几个选项。但是哪一项都没标出来，那些牌子全都堆在了最右侧的空白栏。意思是：去向不明。

我猜，恐怕一开始的确按规矩摆过一阵子，但最终还是放弃了特意去摆弄牌子，所以扔着不管了。

我是按照约好的时间来的，老师应该在。我轻轻敲了敲房门。

"请进。"

老师在，他在！

走进屋内，我发现长桌上摆了两个红茶杯，老师已经在等我了。右手边的桌子上摆着一个电热水壶。因为我已经来过几回了，所以也清楚各种东西的位置。我请老师不必再起身，自己主动沏起了红茶。

说起来，谷丘老师虽然年近六旬，但或许是因为他头发很黑，也很浓密，看上去相当年轻。

十月午后的阳光透过窗户洒进来，红茶的香气沁人心脾。我拿出伴手的点心，摆在我们二人中间的桌上。这感觉好似在午后开茶会一般，真是相当舒适放松的一场碰头会。

因为整体框架已经设计好了，所以今天我主要是来读一读老师写好的原稿。

"那我就开始拜读了。"

我开始读起了老师的稿子。谷丘老师则将目光摆在斜上方，接二连三地伸手取曲奇饼干吃。别人当面读自己写的东西，他应该是有点不好意思，所以在拼命掩饰害羞吧。

就算是很权威的老师写的文字，编辑在阅读过程中也一定会遇到疑惑的点。很多专家在写作时往往会写一些读者看不懂的内容，因为在他们的专业领域里，这种东西是不言自明的，无须做任何解释。

遇到这种情况，我们编辑的任务就是充当一个普通读者的角色，直接表达：

"我有点看不懂。"

因为编辑是不能随意修改内容的，所以我们会提议：

"能不能再把这里稍微解释一下呢？"

关于这一点，谷丘老师的文章就非常好懂。他的文笔生动、流畅，而且内容深刻。非常符合我的预想。

我看了两三张原稿，抬起头道：

"非常精彩。"

"是吗？"

老师的紧张感也消散了。

"后面的部分我会带回去继续读的。请您就按照这样的状态继续推进内容吧。"

"好的。"

"下一次我何时可以再来拜访您？"

阐述了关于原稿的具体感想，还得请老师继续书写后面的内容。

"最好是乘胜追击，听您评价我写的内容'非常精彩'，我有种被老师夸奖的小孩子心态了。"

老师说罢，微微一笑。

"不胜惶恐！"

"所以我也想加把劲，请您下个星期的今天，同一个时间来找我，可以吗？"

"当然了。"

选题进展得如此顺利，我也很开心啊。

既然这一次没什么难题需要解决，我们就一边喝着红茶，一边闲聊了起来。谷丘老师开口道：

"说起来，那个《包法利夫人》呀……"

"嗯？"

"现在的小孩都没怎么读过呢。"

福楼拜的作品。好怀念啊，我欠起了上半身道：

"我是大学的入学考试合格之后读的。那是我的近代小说的出发点呢。因为我选的是文学专业，当时觉得不读包法利肯定不行的。"

记得当时我也是抱着学习的心态，在高三所剩不多的一点春天的尾巴，翻开了那本《包法利夫人》。

"我是初中时读的，当然不是说要攀比我读得更早哦。只是以前学校要求的必读经典书目会比你们那会儿多一些。不过呢，说到《包法利夫人》，我倒是想起了我四十年前读过的美国推理小说。"

福楼拜的代表作和美国推理小说，真是出乎意料的组合。

3

"说来，那书中登场的女学生，令人印象颇深呢。"

美国推理和女学生的组合也够出乎意料的。

"书名叫什么呢？"

"《女子高中生的镇魂曲》。"

"哦……"

"这本书的作者还有具体内容我都忘光了。但唯独开头那部分，时至今日我都记得非常清楚——讲述者是一所高中的老师。第二次授课时，一个身穿华丽服装的女孩子迟到登场。于是那个老师揶揄了她第一次上课缺席、第二次上课迟到的情况，结果被那女孩子当场反驳回去了。真是个不同寻常的学生。她还会评价教科书上的小说，说'我们为什么要读这种无聊的玩意儿'。"

"可以说是……很有个性。"

"从老师的角度来看，算是个很难对付的学生吧。那个女学生反驳过本书的讲述者以后，就去窗边坐下了。然后她掏出了一本书读了起来。整整一小时，她彻底无视了上课的内容，也一次都没抬起过头。"

"啊……她读的就是《包法利夫人》吧？"

"没错！"

"感觉……很符合那个场景呢。"

透过窗户洒进教室的光，会是什么样子的呢？说不定，就像今天一般明亮呢。

"一堂课结束，她就匆匆忙忙地离开了教室。看上去似乎是一直在读书。可是——她其实一页都没有翻过。"

"……原来如此。"

她只是想表达"我才不想听这种老师讲的课"，所以才低了整整一个小时的脑袋。而接受她目光洗礼的，就是那本《包法利夫人》。因为是经典名著，所以才会出现那样的情况。而那部美国小说中的故事虽已是半世纪前发生的，但当时美国高中教室的模样，顿时浮现在我眼前。

"因为是《包法利夫人》，所以可以理解。不过话虽如此，但我其实也基本不记得《包法利夫人》的内容了。"

真是出人意料的展开，看着表现出疑惑之情的我，老师继续道：

"那个故事讲的不是出轨的事儿吗？在毫无梦想的生活里，妻子对庸俗的丈夫忍无可忍，于是……"

"没错……"

"然后啊，在我的印象里，于是那位包法利夫人，就毒死了丈夫，被送上刑场。"

"……这，好像不太对。"

"几年前我又读了一遍《包法利夫人》，才吃惊地发现自己记错了剧情。于是我不禁想到，当年读到这本书时我是在念初中，正值正义感比较高涨的年龄不是吗？所以当时的我内心无法原谅出轨这件事，而这样做的女性可能会毒害丈夫，遭受惩罚也是理所应当。就是因为我当时的想当然，所以记忆才出现了扭曲。"

没有什么比人类的记忆更不可靠。那些具体到细节都无比栩栩如生的记忆，其实有不少是来自后天的捏造。

关于产生扭曲的原因，谷丘老师的自我分析也颇有说服力。

然而，当我走出他的研究室，走进电梯，电梯正要开始运行时——

咦？

我突然想到了一件事，于是就在思考中任由电梯降到了楼下。

电梯停下后，我又按下了上行按钮。

一切好像重放了一遍的录像，我再次敲响了房门，听到房内回应后推开了房门。

"失礼了。"

只见谷丘老师正站在书架前，扭头看我：

"是落东西了吗？"

的确是类似"落东西"的事。我从门口踏进室内一步，道：

"有件事我有些在意，请问，老师您读过《黛莱丝·戴克茹》吗？"

《黛莱丝·戴克茹》同样是法国文学的名作，由弗朗索瓦·莫里亚克所著。相关译本也出过好几种了。有杉捷夫译的《戴克茹》，也有高桥和子译的《戴斯克如》，还有村松刚译的《黛丝凯茹》，远藤周作译的《黛丝克茹》和《黛丝克如》以及《黛丝凯如》。文学全集亦有收录，可以说在过去读者众多。

"这个，我的确读过。"

"既然如此，那容我失礼——您刚刚谈到的那个误会，很有可能是把《黛莱丝》和《包法利夫人》的故事情节弄混了。"

老师露出一个出乎意料的表情。

"啊……"

"包法利夫人是服毒自杀的，但是黛莱丝的确给丈夫下了毒。"

"嗯……"

"还有，虽然没有被判处死刑，但因为出轨而遭审判的内容，应该是出自纳撒尼尔·霍桑的作品《红字》。"

"这样啊……"

我和老师不是第一次见，我们已经见过几次了，我知道他不会因为我说的这些话而生气。

只见老师坐到椅子上，思索了片刻后道：

"……听你这么一说，我觉得的确如此。对后读到的内容的印象，会不断覆盖之前的记忆……这样想比较合理。"

我匆忙低头鞠了一躬。

"是我出言不逊……"

老师摇摇头：

"不不……这样想来，整件事才简单清楚了呢。"

"只是另一种解释啦。"

"啊呀，我觉得你给出的说法才是正确的。"

他非常真诚地认可了我的猜测。

我生性如此，想到什么就会直说。我也拿自己这性格没办法。每每拿到一张写了谜语的卡片，我总会忍不住立即翻到背面，去寻找谜底。

女生徒

4

其实，也不是每次碰头会都能赶在公司附近的。翌日，我就为拜访一位作家而"远赴"小田原了。

不过，这也正如我所愿。小田原附近就是二宫。我大学时代的朋友小正家就在这儿。如今她结了婚，换了姓氏。但于我而言，她从以前起就一直是小正，是我的朋友高冈正子。

我们两人一阵子未见了，和作家面谈结束后我可以去找她。

小正如今还住在二宫，她现在是高中的国语老师，而且已经转过好几个学校了，是个经验丰富的老教师。她的先生也是同校的老师，孩子如今也已经读高中了。

她的家就在距离自己娘家不远的公寓里。据她讲，因为住得离老家比较近，育儿方面得到了不少帮扶。想想也是啊。

我给她打电话道：

"我能去趟二宫，咱们约个饭吧。"

于是小正回答：

"正有此意！"

爽快极了。

我们两个人现在都不像读书时那样时间自由了。孩子还小那阵子我们俩完全见不着，如今也一样，只能趁小正有空来东京时，我们找个两人都方便的时候选个合适地点碰头。真的是很久没有像这次一样去小正的"地盘"找她了。

我们搬出过去没有的文明利器——手机信息，来调整碰头时间。我这边结束了小田原的工作，就直奔二宫而去。

可不巧的是，天空很快就变得晦暗昏沉了。这并不是因为太阳快要落山，而是天气开始走下坡路了。

六点半左右，我抵达了二宫站。

对于小正来说，那可以说是能约的最早极限。据说她现在非常忙，每天都要到七点半或过八点那会儿才能离开学校。工作这回事，只要你想，总会源源不断地涌出来。

抵达二宫站，我放眼一望，发现这个车站要比我记忆里更大一些。我走向二楼的出站口，发现小正已经等在那儿了。

她穿着白色衬衫，深蓝色套装，一副工作超级严谨的上班族形象。她看到了我，轻轻点头示意。

"好久不见哦。"

小正还是那副颇有男子气概的霸气口吻。

"下次真希望能叫上江美，咱们三个人久违地相聚一场呢。"

学生时代，我和小正，再加上江美，我们三个人总会一起行动。因为江美去九州生活了，所以我们三个人很难聚齐。

我忍不住地四下张望。

"怎么啦？"

"总感觉，好像变华丽了呢。"

"你说我吗？"

"是说车站啦。"

"没那么大变化啦，顶多就是有了家便利店而已。"

"自动扶梯呢？"

"江户时代倒的确没有那东西。"

我们走在商店街的步道上，小正领先走在前头。走着走着，我们走进了一条车水马龙的宽敞大路。

"去哪儿？"

"去一家鱼做得不错的店。"

"拟鲹？"

拟鲹一直是小正的最爱。

"最近石斑鱼比较美味。"

"石斑鱼……"

对于我这个出生地根本不沿海的人来说，压根不知道她在说啥。

"夏季的石斑鱼可是很棒的。厚切刺身最美味。鱼肉很有弹力，还带有高雅的甘甜口感，即便在秋天，那美味……"

小正舔着嘴唇大步向前走，可是很快她步态就显露出迟疑。我顺着她的视线看过去——

"啊呀？"

"今天竟然歇业呢。"

"呃……"

"你竟然没提前查查看？毫无规划。好不靠谱哟。"

"我比'不靠谱'还是强点的吧！"

"没被打倒吗？"

"怎么可能倒下！不就是饭店吗！有的是！"

小正开始大发豪言壮语。

就在这时，滴滴答答，下起了雨。

"那……没办法了，去我家好了。"

她说。

小正的老家就是开小饭馆的。我当年还在她家留宿过几次。不过，或许是因为在父母店里喝酒有点不自在吧，一般她都会带我去其他店。

听说小正是开车上下班，她手上没拿上班用的东西，只拿了一把大伞，应该是来接我时经过自家公寓拿上的。只见她啪地撑开了伞。

我一下钻进了她的伞下。

"你没带伞吗？"

"我带的是折叠伞啦，撑开之后怪不好收的，嫌麻烦。"

能这样子任性，真好啊。

5

"打扰了。"

我向小正的父母问候道。阿姨为我们端了茶。自然，待我如店中宾客一般。

小正家的店虽然不大，但非常整洁。

明明之前还不太有这种感觉，或许是年龄增长吧，小正和她爸爸的脸看上去越来越像了。

店里没什么人。经营方面暂且不提，于我们来讲，可以放松吃喝还是蛮好的。我们在吧台角落并排坐下。

以前在小正家留宿的时候，我也是坐在这个地方吃早饭。早饭一般是烧蛋卷和烤鱼。

我们点了一份刺身拼盘，二话不说，先倒上啤酒碰个杯。

"这是金眼鲷，这是障泥乌贼……"

小正开始讲解起来。

"这个就是石斑鱼，切成大块了。这个切法很讲究的。"

我偷眼瞧了瞧小正的爸爸，只见叔叔一脸满足地望着我们。有她的讲解实在太棒了，一筷子鱼肉进嘴，咀嚼几口，的确有自然的甜香在口中扩散开来。

我们聊天的内容从孩子聊到了给学校的家长教师协会帮忙的事上。

"记得是我家小孩小学高年级的时候吧，我去帮忙出校报。"

那还是我家搬去现在这栋房子之前的事了。

"超级适合你这个做编辑的人啊。"

"我也觉得自己比较擅长做这个,反正肯定要比去当交通巡逻员强吧。"

"就是说啊。"

"我们聚在一位房间比较宽敞的家长家里,讨论了各种企划。最终决定做个问卷调查。因为想了解一下目前学校的一些情况——比如孩子们做作业的情况呀,每天几点睡,会学习一些什么课外的技能,等等。因为我们就是一群普通家长,所以也不可能发动全校去取材啦。"

"嗯。"

"这个问卷调查做起来还是蛮难的。从着手到最终总结成型花了有半年的工夫。最后总结了三张正反面的B4纸,对折起来有12页了。可以说是我们努力的结晶吧。"

"真是辛苦了。"

"大家聚到一起,拿着这个调查的样本去了学校。家长教师协会那个女的就等在学校,准备检阅我们的成果。"

"哦哦!"

小正发出十分喜悦的声音,一边把刺身塞进嘴巴,一边发表看法:

"听上去相当有趣啊！'家长教师协会那个女的'你这说法一听就感觉要发生点什么。"

"确实发生了。拿着原稿去的家长铩羽而归，沮丧地告诉我，他们说'不行'……"

"噢哟。"

"你猜是因为什么？"

"这个黑鲢相当美味哦。"

我轻敲吧台桌面：

"他们说'那些妈妈读不了这么多字'。"

小正一边品尝黑鲢，一边回应道：

"噢哟，这理由还真是出人意料。"

"就这么驳回了我们提交的东西。而且一听负责人这样讲，有些家长就已经退缩了。我听到这说法后大为光火。真是难以置信！这也太失礼了。简直就是把读者当傻瓜。于是我回答'我们不会改的，绝对要让这个企划通过'。"

"嗯嗯。"

"还有人提醒我'不要吵架啊'，于是我反驳道'我不会去吵架，我只是要贯彻正确的意见'。"

"好啦，快吃吧。"

"这个是拟鲹吗？"

"嗯，很多店家都是切薄片。但本来应该像这样子厚切才更好吃的。"

"这样哦……"

"怎么样？"

"嗯，好吃！"

我大快朵颐起来。

"……然后呢，后来如何了呀？"

"当然是让他们同意了啊。那个会长就只是多嘴多舌而已。其实没什么非要坚持的原则，更不是要履行所谓的正义啦。这件事告一段落后，他们还说我'看上去老老实实的，没想到还蛮强势'。"

这也算是我的一段英勇事迹了。

"其实你蛮柔弱的。"

"嗯，我超级柔弱啦。"

我说着，凑近了小正胸前，端详起了她的胸针。

"干吗啦，你这家伙，怪恶心的。"

"……这个，该不会是……"

"竹荚鱼干。"

做旧的银制竹荚鱼干。不知为何，感觉特别有小正的特色。

"竟然有卖这种东西呢？"

"我教过的学生家长做的。面谈的时候和他们意气相投，家长的兴趣就是做雕金工艺。"

"哦哦！"

竹荚鱼也不单能从海中获取。看样子，这位制作者是被对象的气质引发了创作的意愿。

"像我这种做老师的，不可能过年或者中元的时候收家长的礼物，尤其还是这种比较贵重的工艺品。所以就算家长说了'挺便宜的'，我起初也拒绝了。后来，家长在第二年八月又来找我，说'孩子毕业了，应该不要紧了吧？'并把这个胸针送给了我。记得那是一个蓝天白云，心旷神怡的暑假……家长把话说到这个地步，我也实在没法再拒绝了……看到这枚胸针，其中的确蕴含着深厚的情感。所以我和对方说好了，之后一定会回礼，然后就收下了这枚胸针。"

"这是对竹荚鱼干的深厚情感。"

"嗯，你看这鱼，表情不错吧。"

我倒是从未仔仔细细地观察过竹荚鱼干的表情。不过那枚小小胸针上的竹荚鱼，摆出的是一副顽固又艰涩的表情。

——小正一定是个好老师。

我想。

想到这儿，我和高中老师小正提到了那个在课上读《包法利夫人》的女学生的事。

"是不是很好很有趣的片段？"

我问。

结果小正哼了一声，摇摇头道：

"好什么好，如果是我，一把就把她书拿走——第三学期结束前我绝对不会还她的。"

6

"这样哦。"

"基本来讲呢，眼睁睁让女学生把书翻开的那一瞬间，那个老师就输了。就因为他讲课没内容，才会导致女学生那么做的。"

"好像是因为一开始那老师嘲讽了女学生，结果就被'报复'了哦。"

"……哦，那种类型是吗。"

《包法利夫人》属于西方的经典，我则在最近这段时间翻阅了各种日本的经典——芥川龙之介的相关书籍。

"高中的教育里会用到芥川的哪部作品呢？"

"嗯，《罗生门》吧。"

想想也是。

我向小正讲述了自己如何在一个意外的情况下"偶遇"皮埃尔·洛蒂，又进一步翻阅了芥川的《舞会》始末。

"三岛说芥川有着洛可可式的天赋。《舞会》能让他真正的洛可可式的天赋幸运地得到发挥。"

我从年轻时代起，就很喜欢"洛可可"这个词。它听上去轻盈灵动，光是发音就很美妙，和青春年华再合适不过了。

然而，小正却说了一句令我感到出乎意料的话。

"说到洛可可，还得是太宰吧。"

"欸？"

只见小正傲然挺起胸膛。

"太宰治啊！你不知道吗？我们这个世界上呢，存在过太宰治这么一个作家哦。"

说什么气人话呢，讨厌。

"为什么太宰治是洛可可风格啊？"

"因为《女生徒》啊。不是你说的那个美国的女学生，是日本的。"

这么说来，太宰治的确写过这么一部作品。

"你没读过？"

她吐槽道。

"啊呀呀……"

"你真是没救了。说到太宰治那必然就是《女生徒》喽，没读《女生徒》，勿言太宰治。"

小正冲她父亲开心地抬起胳膊：

"老爸，来份煮花生。"

（那是什么啊？）

见我一脸疑惑，她问：

"你没吃过？"

"嗯。"

"没吃煮花生，勿言花生。"

勿言之物真是接二连三。

"我也没准备言。"

"内行都会用'烹花生'这个说法。"

86

"哦。"

"现在吃这个正当时啊。吃点正值时令的东西对身体好——要吃就吃时令美食才对呢。"

"嗯嗯，这也是二宫特产对吧。"

"没错，花生和蜜柑。"

当我看到那个盛在大碗里的花生时，整个人都被震惊了。

花生是带壳水煮的。大小相当不凡，我简直错认为那是巨大的花生模型。

"吓一跳对不？"

小正一脸满足。

"嗯，光看大小还以为是蚕豆呢。"

颜色也很不一般，非常白。不知道这是什么的人说不定会觉得有点吓人。

"在二宫可没人会吓一跳了，大家早就习以为常了——这个花生是专门用来煮的品种，叫'大胜'。"

"欸，是吗！"

小正还在继续讲解。

"一般用来煮制的花生都是早熟品种。含水量大，不适合炒制，所以拿来煮了。当然，适合炒制的那种花生煮起来也很美味的。"

"你可真是侃侃而谈哦。"

"对吧？"

"简直可以做二宫宣传大使。"

"我就是小正大使哟！"

小正仿佛面对群众呼声一般抬起双臂，挥手致意。

煮制过的花生壳软乎乎的，摸起来有点怪。我按开一枚花生的外壳，把里面的花生取出来，放进口中。

"如何？"

"真好吃！"

花生的香气在口中扩散开来。仔细一想，无论是大豆还是小豆，抑或是花菜豆，大家都自然而然会煮着吃。这不就是豆类最为稀松平常的一种吃法吗？而之所以觉得"煮花生"很违和，完全是我自己先入为主了而已。

无论年龄多大，总有新的发现。

小正痛饮啤酒，问我：

"如何，是不是绝了！"

"真棒！"

"估计所有花生的产地应该都有这种吃法吧。"

我点点头，一边嚼着柔软的花生仁，一边说：

"无知真的挺可怕的。我一般读的都是文学全集，因为我觉得那样子效率更高，而且我当时也没什么钱嘛。结果，我当年读的那个全集里就没有收录。"

小正愣了愣，问：

"你在说什么？怎么没头没脑的？"

7

"你这家伙！我在说《女生徒》啊，太宰治的《女生徒》。"

小正一副恍然大悟的表情。

"对哦对哦！我也是高中时期很迷太宰治来着。"

"嗯。"

"记得当时我还总是'乘虚而入'地突然出现！和朋友激情推荐——《女生徒》特别好，特别棒呢。"

我脑海中浮现出了身穿高中制服的小正。想象到身后突然凑近一个这样的同学，还蛮吓人的。

"你那样子好可疑呀。"

"因为我的文艺热情如火如荼嘛。"

"你不会推荐给男同学吗？"

"感觉不太对，不想让他们跨进那种文学境界里。"

"可太宰治本人就是男的。"

"这就是独属于小说的有趣之处喽。首先，开头很妙，然后，结尾也妙。最重要的就是那个了，那个'洛可可料理'。"

"那是什么？"

小正的思路仿佛离开地面的飞机，就这么把我扔在原地，越飞越远了。

"怎么说呢，就是因为这个'洛可可料理'，所以才有了女主角的造型，甚至可以说，才有了这作品的全部。"

看样子，话题是从芥川、三岛，联系到了太宰的身上。可我只知道洛可可艺术，从来没听说过洛可可料理啊。

"料理……什么呢？"

小正听到我这么问，摇摇头：

"不能说，一说就完蛋喽。"

"真搞不懂你啊。"

"对吧，对吧！"

小正说着，突然站起身向店深处走去。然后她脱了鞋子，跑去了二楼。看上去一副要去赴宴般的气势——虽然这么形容略有些夸张，不过看她的举动，还是特别不可思议。

不过，既然是在自己的娘家，会有如此举动倒也可以理解。过了一会儿，只见她拿着一册文库本回来了。

"你看。"

那本书的封面上描绘着十分抽象的画面。角川文库出版的短篇集——《女生徒》。

"哇……"

小正嘴角翘起一个微笑。

"二楼我的那个房间，虽然地上摆了好多东西，不过书架和桌子都还维持着原样呢。"

所以，哪个位置摆了哪本书，她心知肚明，一下就能找到。

书拿在手中，能感觉到过往时代的气息。这是一册老文库本了。

"这就是……小正当年读过的书啊。"

"没错。听你这么一说，突然有些感动了，好像亲手种了一棵青松似的。"

"能借给我读读吗？"

"我要是都不准备借，又何必拿给你啦！"

如此引发我兴趣的一本书，回程的电车上就可以读起来，实在太棒了。

"这里有太宰创造的独特世界。一些细节上的现实感非常惊人。阅读时你会恍然大悟，觉得它原本就是一个女学生的日记。可是，它其实又是太宰治的作品，因为如果没有太宰治这样一张滤网去过滤，它似乎又不能被称为'作品'。"

二宫毕竟离家太远了。我得在藤泽换乘小田急线，在相模大野站乘坐急行快车回去——总之，要辗转换乘一番才能到家。

虽然并未尽兴，但还是只能来碗茶泡饭收尾，就此告辞。

走出店外，夜雨连绵未停。我们同撑一把伞向车站走去。

"那个……你不用还我啦。"

"欸？"

只听见雨滴啪嗒啪嗒地击打着伞面。

"如果在读高中时遇见你，我肯定会借给你的。如今已经过去了这么久，我们的小孩都已经读高中了。现在，我把它亲手送了出去……这感觉，就好像完成了往昔的某个约定一样。"

"……"

时光如水。正当我心中感慨万千时，小正又补了一句：

"我以为你不会长胖呢。"

她微弯下腰，用举着伞的那只胳膊的胳膊肘顶了顶我的侧腹。我才没她说的那么夸张，就算肚子上有肉，我也是穿衣显瘦派。

"你少多管闲事！"

我们谁也不饶过谁。小正又继续道：

"真奇怪呀。要是在年轻时候，肯定会说'读完了必须还我哦'。可是到了现在这个年纪，心态就变了。总感觉，自己曾经喜爱的书一直摆在朋友家，这也不是什么坏事呢。"

8

抵达车站时，已经到了电车快要发车的时间，我紧赶慢赶地跑下楼梯冲进了车厢。

东海道线驶出车站之后，我缓缓翻开了那本书。

清早刚醒过来时的感受十分异常。就像是捉迷藏时，偷偷摸摸地蹲在壁橱里，藏进黑暗之中，一直屏气凝神地躲着。这时，橱门突然被小伙伴大力拉开，阳光猛地洒进黑暗中，小伙伴大喊着"找到啦！"于是，先是会觉得耀目，遂又感到尴尬，然后是一阵心脏乱跳。掀起和服前襟，有些羞赧地走出壁橱后，接下来突然就是一阵怒火袭来。就是那种感觉，啊，不对，不是那种感觉，怎么说呢，应该更难受才对。像是打开一个盒子，里面还有一个小一点盒子。打开那个小一点的盒子，里面是更小的盒子。再打开那个更小的盒子，里面是更加、更加小的盒子……就这样接连打开了七八个盒子，最后的最后，终于出现了一个骰子一般小小的盒子，轻轻打开它，却发现里面一无所有，空空如也。这种感觉，就最接近于刚刚睡醒后的那种感受了。

　　太宰治《女生徒》的开头是这么写的。这是一部创作于昭和十四年的作品。当然，它发生于太平洋战争开始之前。

　　但是，这文字并没让人产生相隔久远的距离感。一开始阅读，书中讲述者的内心，就瞬间与我的内心相连。

　　多么自由自在、轻盈肆意的文字！

说什么"一下就醒了"，那是骗人的。刚醒来时，一切都是那么混沌不清，那些模糊的、淀粉一样的东西缓缓下沉，一切才逐渐清晰。然后，才能缓缓撑开疲倦的眼帘。不知为何，早晨总是含混不清。无数悲伤在胸中涌动，无法摆脱。好讨厌，好讨厌这种感觉。清早的我最丑了。我感觉双腿疲惫不堪，什么都不想做。是不是因为睡得不够深？说什么"早晨象征着健康"，那也是骗人的。早晨是灰色的，永远都是灰色的。早晨是一天中最虚无的时刻。清早躺在床上的我总是那般的厌世，心中不悦。满脑子都是令人不忍直视的悔恨，苦闷塞满我整颗的心，令我苦不堪言。

早晨，真是坏心。

于是，"我"的一天就这么开始了。

一大段文字的最后，太宰用"早晨，真是坏心"这么一句话作总结。后面还有关于眼镜的一大段文字，最后则是用"眼镜，就是怪物"作结。

早晨，真是坏心。

眼镜，就是怪物。

真是精彩的对仗。我并无意争论什么，但心中不由得产生一种"如此文字，的确无人能出其右"的感觉。

小正频频强调的"洛可可"，是我换乘小田急线的时候读到的。

它出现在全篇即将结束的部分。"我"的一天即将结束。不过，要为来家中做客的客人做晚饭。

然后呢，还要再来一道。对了，再做一个洛可可料理吧。这可是我的创意。在每一个盘子里，分别码上火腿、鸡蛋、西芹、卷心菜、菠菜，把厨房里剩下的一切食材，都五彩斑斓、精美巧妙地搭配起来，拼在盘中。这样既省事又省钱，虽然一点都不好吃，但会让饭桌变得热闹华丽，还会让这顿饭染上一种奢侈的宴请色彩。鸡蛋后头摆着的是青翠的西芹，它旁边的火腿，就仿佛红色的珊瑚礁，探出脸来。卷心菜黄色的叶片仿佛牡丹花瓣，又仿佛鸟羽制成的扇面，贴在盘子上。绿色的菠菜似牧场，又似湖水。如此美艳的盘子，在餐桌上摆上那么两三枚，定会让客人当即想到路易王朝。或许没到那样夸张的地步，但总而言之，我是做不出什么美味的。至少就让外形够美，蛊惑客人，把他们都糊弄过去好了。

先是捧高自己，说"定会让客人当即想到路易王朝"，紧接着又主动贬低自己，说"或许没到那样夸张的地步"。这一呼一吸的笔触，正是太宰的妙笔。旁人还未说出口，他已先行一步。

料理，最主要的就是"色"。一般都能靠着个"色"

女生徒

字蒙混过关。然而，这洛可可料理需要相当强的绘画天赋才成。在色彩搭配上，定要有成倍于常人的敏感，否则就会失败。至少，需要我这个程度的细腻感触才行呢。

我继续读着，的确，这后续的文字一看就能够深深吸引小正。

我运气不错，轮到了一个空位，坐下后，我望着那边缘微微有些变色的纸页，久久不愿挪开视线。

9

我到家了。

孩子已经睡了。

我下意识走到了书架旁，抽出了宫泽章夫的《搞不懂的那根弦》（よくわからないねじ）。翻到了其中"面对废柴"一章，读到了这么一段话：

说到比较常见的"废柴"，估计所有人第一时间脑子里都会浮现出"太宰治"这个名字吧。太宰作为典型的"废柴男"名声在外。与此同时，我还会想起三岛由纪夫对太宰治的作品有多么的厌恶。

三岛由纪夫在其日记体随笔集《小说家的假期》

中，如此评价太宰治。

"太宰的性格缺陷，至少半数都能通过冷水擦身、器械体操以及规律生活等解决。"

最开始读到这段文字时，我短暂地陷入茫然。紧接着，三岛又写道：

"一个不想被治疗的病人，根本没有真正成为病人的资格。"

读到这儿，除了低头道歉再无其他想法。这句话大概就是近代人对"废柴"的正确认识了吧。由此三岛说出"我对太宰治作品的厌恶，可以说是相当猛烈的"这句话，倒也合情合理了。接下来他又写道：

"首先，我非常讨厌这个人的脸。"

突然就是这么一句。后头又接了一句：

"一个会和女人殉情的小说家，总得有更加严肃的风貌才对。"

普通一读，这段文字似乎可以被解释成是在彻底否定太宰。但反过来再一琢磨，又能感觉到他这番话很像是在夸赞。夸赞太宰"正因如此，才是真正的废柴"。

当然了，这文中提到的"废柴"，只是一种价值观而已。

不过也正如宫泽所说，三岛是出了名地厌恶太宰。真不愧是小正啊，听我提到"三岛"时，竟能从

"洛可可"反推出"太宰"。

不过，小正说得没错，我被《女生徒》俘获了。哎呀，真想让年轻时的我读一读这部作品啊，也想和读过它的我好好聊聊啊。

唯有一点我有些在意，按小正的说法，这部堪称完美的作品是有"原型"的。我读了书后的"作品解读"，恍然大悟。小山清在解读中写道："本作品是根据未知女读者寄来的日记为原型创作出来的。"

理所当然地，我想去读读那日记了。

小正说得对，无论取材自何处，一部作品都属于创作它的作家。只要去阅读成品即可——这种说法自然没错。然而，能让作家写出如此伟大的小说，这"原型"也惹人好奇，想一窥究竟，也算人之常情吧。

再怎么说，对方可是太宰。无论是当下还是过去，他都是备受关注，同时十分罕见的作家。大多数参考资料应该也能从纸面上读到。

想到这儿，我上网调查了一下，查出书写这份日记的人，名叫有明淑。

果不其然，这日记有纸质资料，它由青森县近代文学馆出版，题名《资料集 第一辑 有明淑日记 翻刻米田省三 栉引洋一 校阅 相马正一》。有迹可循，实在是太好了。

（明天一早就赶快给青森那边打个电话吧！）

想到这儿，我又定睛一看：出版时间是平成

十二年。

（哎呀，那应该早就卖光了。）

然而，这类资料一般都会由侧重文学相关的图书馆收藏起来。

说到资料收藏，最先想到的自然就是去国会图书馆检索，正在这时，我脑中灵光一闪。

（等等。）

不管我是否愿意——当然我是愿意的——下周我必须去一个地方。那就是我的大学母校。谷丘老师的研究室。想来这种资料极大可能会收藏在学校图书馆里。于是我又把检索目标换成了我的母校，开始搜索：

——有明淑日记

简单一搜，轻轻松松就得到了答案。我已经毕业了，所以没法借出资料，不过谷丘老师还在校任职，应该能轻松借出。

我这个人，总会为了书稍显"胡来"。于是我马上给老师发了封邮件，内容里写了"真的非常不好意思，能否请您把这本书借出来呢"。拜托对方这种事儿，打电话有点难讲。但我们平日间已习惯发邮件商量工作，所以以书面的方式提出请求还是比较放松的。

谷丘老师还没睡，很快他就回复了一句：

"举手之劳。"

10

青森县近代文学馆中，收藏了被翻刻过的《有明淑的日记》的原本。

它是由太宰的夫人津岛美知子捐赠给文学馆的。既然如此，那作为基础资料，自然还要读一下津岛美知子写的《回忆太宰治》了。

这本书在神保町很简单就能买到。

关于《女生徒》，这本书中做了如下记录：

《女生徒》是基于一位年轻女读者的日记创作的。

一名住在练马，在西式裁缝教室上课的S子（出生于大正八年），于昭和十三年四月三十日起，开始在伊东屋买的大开本日记上记日记。一直写到了当年的八月八日，写满一本笔记后，将其寄到了太宰治手中。收件人写的是《虚构的彷徨》（太宰治的第二部著作 出版于昭和十二年 新潮社）的著者略历中写到的"杉并区天沼 碧云庄"。不过太宰前一年从碧云庄搬去了镰泷，昭和十三年九月起又辗转甲州御坂岭、寿馆。昭和十四年二月，他离开御崎町的家中前往东京，才终于收到了这本日记。

当时正值他之前的作品即将付梓，同时又赶上有新的书稿委托，在此时意外获得这本日记，于太宰来说简直是天赐良机。于是他急忙以该日记做蓝本开始了创作。S子的字迹比较潦草，很难辨认，太宰读过后盛赞这本日记"可爱可怜，魅力动人，十分高贵"（摘自川端康成的《女生徒》评），顿时被深深吸引，于是写出了一部八十张原稿纸的中篇小说，他借用手边的一本岩波文库出版的弗拉皮埃[19]的《女生徒》为标题，于昭和十四年四月的《文学界》发表了这部作品。

书中还提到"S子的日记是从春天写到了夏天，太宰的《女生徒》则写的是初夏从清晨到夜晚的一整天。开头和结尾的部分，S子的日记里都未曾提及"。

真厉害啊！

长达数月的日记，就这么凝缩在一天的时间里，还营造出了那样一个完整的世界观，时至今日，太宰治的创作能力依然令我感叹不已。

得知那段精彩的开场，还有同样精彩，不，是更加精彩耀目的结尾部分是出自太宰本人之手，我为此感到高兴。

那么，重要的"洛可可料理"又会如何呢？

11

拜访研究室的这天到了，见我走进来，谷丘老师

---

(19) 雷翁·弗拉皮埃（1863—1949），法国文学家。

马上说着：

"在这儿在这儿。"

并把他帮我借来的《有明淑的日记》展示给我看。

我的确很关注这本日记，但作为一名编辑，老师的原稿要比这日记更加重要。我开始讲起了读过原稿后的一些想法。

其实原稿里基本没有需要老师再去修改的部分了。拿到新写好的稿子后，我们又接着商量了一下后续要推进的内容。

聊完这些之后，终于到了可以阅读日记翻印件的时候了。这日记页数也不少，足有超百张A4纸。

"从两点四十五分起我有两节课要上，研究室空着，您就在这儿翻阅资料吧。"

大学里到处都有坐着看书的地儿，要占用研究室未免太不好意思了，我正要婉拒，老师马上说：

"不必客气，您就当是帮忙留守一下，反正我第一堂课结束后会回来一趟。如果有需要，可以随意用这些便利贴，也可以复印。"

真是事无巨细呀。老师说罢就开始备课了，我则接受了他的好意，翻开了《有明淑的日记》。

我从相马正一的"解说"开始读起。"解说"提到，太宰治的《女生徒》大部分直接沿用了"日记"的内容。

太宰在《女生徒》中，借用少女之口说出"窃走别人的东西，改造一番再据为己有，这种才能，这种狡猾，就是我唯一的特技。其实，我真的很讨厌这狡猾和诓骗"。这说辞带着太宰治中期作品特有的自我否定的倾向，这一句的原型，可以在日记"五月十日"这一天里找到，那是有明淑的一句自我批判，在谈到像自己这般平凡的人有什么优点时，她写出了"盗走别人的东西，改造成是属于自己的东西。我真狡猾。其实，我很讨厌这种狡猾"。前文《女生徒》中的那句话，就是基于日记中的这一句所创作的。

"啊呀，这一句本身还有原型的吗？"我十分吃惊，"真是精巧细致呀。"我忍不住露出微笑。正如相马正一所说，太宰治的读者所写的《有明淑的日记》本身就已经充满了太宰的风格。

"那我先去上课了。"

谷丘老师说着，把一沓资料塞进一个大纸袋里，动身向教室走去。我目送他离开后，翻开了随身带来的文库本《女生徒》，凝神在字里行间寻找。

"窃走别人的东西，改造一番再据为己有……"这句话，我怎么找都没找到。

（相马正一是拿哪一版《女生徒》做了比较呢？）

我查看了一下，他在文中提到是"将初版《女生徒》和《有明淑的日记》做比较"。难道太宰先是

103

写了这句话，后来又给删了吗？——我不由得如此
想到。

（在初版《文学界》里，是不是就能找到这句
话呢？）

不过，当我又一次仔仔细细阅读寻找，就意外地
在全篇一开始没多久的地方找到了这句话。故事里的
女学生在上学的电车里翻看着杂志，我要找的那句话
就出现在了这个部分。

如果夺走我阅读书本的资格，那像我这般没有经
验的人，一定会大哭起来的吧。我就是这么地依赖书
上写的那些东西。读一本书时，我会很快就投入进去，
开始信任它，被它同化，和它产生共鸣，将它吸纳到
生活之中。而当我读到另一本书，又立马转向那一本
书，投入进去。窃走别人的东西，改造一番再据为己
有，这种才能，这种狡猾，就是我唯一的特技。其实，
我真的很讨厌这狡猾和诓骗。如果我日复一日地失败，
蒙受耻辱，或许我就能变得稍微沉稳些了吧。可是，
就算是这样的失败，似乎也能被强词夺理，巧妙修饰，
编造出一番煞有介事的理论，扬扬得意地扮演一出苦
肉计。（这些话也是我从某本书上读到的）

读了"日记"中五月十日的内容就能明白，此处
基本是直接记录了有明淑在电车中的所思所想。《女

生徒》之中继续写道：

　　其实，我真的不知道究竟哪个才是真正的自己。如果没有书读了，找不到任何可以模仿的样本了的话，我该如何是好呢？说不定只会畏首畏尾，萎靡消沉，只懂一味啜泣吧。

　　"说不定……只懂一味啜泣吧"这句话写得巧妙，但它其实是有明淑写下的。她在日记之中如是写道：

　　倘若书写和书籍从这世上彻底消失，会如何呢？那些文学家、思想家、评论家、哲学家，会变成什么样子呢？他们会不会在家宅周围瞎蹦乱跳，爬到房顶挥舞双臂，展现威严？又或许，会自始至终只懂一味啜泣吧。

　　其实，我读到《女生徒》的这一段落时，被其中一个片段吸引了注意，那是主人公乘坐电车的情节。

　　电车车门的近处有空位，所以我把自己随身的物品放在位置上，整了一下裙摆准备坐下，结果一个戴眼镜的男人却把我的东西挪到了一边，径直坐了下来。
　　"那个……这是我发现的位置啊。"听我这样说，那男人勉强一笑，竟若无其事地读起了报纸。仔细一想，

105

真不知道是谁脸皮比较厚。说不定脸皮厚的是我呢。

就只是稍微整理一下裙摆的当口，一个男人竟然挤到这女孩眼前的位置，推开了她随身的物品，一屁股坐了下来——太不自然了。而且主人公还说"说不定脸皮厚的是我呢"。为什么？我实在接受不了这个说法。

如果只是读了《女生徒》，或许不会注意到这一点，但它其实是个"有答案的谜题"。

谜题往往会隐藏它作为一个谜题的本质。

"日记"中着重提到了八月五日。这一天，有明淑和朋友一起出门去观赏金泽八景。她们"从电车窗外看到车内有空位，于是把行李放了上去"。结果进去之后才发现占好的位置被一个眼镜男坐了。由此，有明淑写下了"说不定脸皮厚的是我呢"这句话。

原来如此，女孩子们是从电车窗外把东西扔进去占了座，然后人才慢悠悠地随后进来的。这样一来，似乎就无须同情她们了。对于已经在车内，想找座位坐下的人来说，她们这种做法的确有些"厚脸皮"。这样就算搞清楚因由了。

这件事并非发生在上学途中，而是发生在出游时，而且还有同行者，所以才会有如此展开。

太宰将长达数月的《有明淑的日记》总结到了一整天里，这创作手法实在巧妙，但唯独以上这个地方略显出一丝破绽。

12

　　我在阅读时已经频频感叹的"眼镜，就是怪物"这句话，也被相马正一按"基本维持信件原状"的例子，被列举了出来。它在"日记"中是这样体现的。

　　我这张脸上，最讨厌的就是眼镜。但眼镜也有其他人不懂的好处。我喜欢摘下眼镜远眺。一切都是那么朦胧，仿佛梦一样美丽。看不到任何污秽。只有很大的物体、强烈的颜色和光芒才能进入视野。我也很喜欢取下眼镜看人。对方的脸全都显得温柔美丽，像在微笑。还有，摘了眼镜之后绝对不会想去和他人争吵，也不会再想说人坏话了。就只会沉默着，发着呆。

　　但是，我还是讨厌眼镜。一戴上眼镜，就感觉不到脸了。从脸上生发而出的，各种各样的情绪，美妙的、激昂的、孱弱的、哀伤的，诸如此类，统统都会被眼镜挡住，再也做不到以眼传神了。

　　眼镜，就是怪物。

　　真没想到，在我心中的那句"极富太宰风情的自在笔触"竟出自有明淑之口。相对之处，《女生徒》

是这么写的：

　　我的这张脸中，最烦人的就是眼镜。但眼镜的确
也有他人不了解的好处。我喜欢取下眼镜远眺。眼前
的一切都很朦胧，很梦幻，一切都好似西洋镜，特别
美妙。一丝的污秽都看不到。只有那些很大的东西，
或是鲜明突出的色彩和光芒才能进入眼中。我喜欢取
下眼镜去看人，对方的脸全部都显得温柔、美丽，带
着微笑。还有，取下眼镜之后就绝不会想去和他人争
吵，也不想说任何坏话了。就只想沉默，发呆。想到
每当这时我在别人眼中就是非常和善的形象，我就会
越发随意地想发呆，想撒娇，我的整颗心都会变得极
其温柔。

　　但是，我还是讨厌眼镜。戴上眼镜之后，我就感
觉不到自己的脸了。从脸庞生发出来的各种情绪，浪漫
的、美妙的、激昂的、孱弱的、天真的、哀伤的，诸如
此类，统统都会被眼镜挡住，再也做不到以眼传神了。

　　眼镜，就是怪物。

13

　　一开始，我关注的全是两者重叠的部分。但是，当
发现了太宰照搬之余新添的那几笔，我又产生了新的

感悟。原来如此，太宰的风格就在这零星的加笔之中。

相马正一如此评价道：

《女生徒》全文中明确由太宰本人创作的部分，除了作品的开头和结尾，还有中间出现的两段。一个是读到了印有前首相照片的报纸，于是揶揄那张照片的场面，一个是家中突然来了客人，于是为了招待客人开始准备洛可可式料理的场面。共计四处原创部分。不过，这四处原创段落中，也有一部分是截取了日记的词句。

相马谈道，太宰治没有使用"日记"中"大胆的国策及社会批判"的部分。或许是认为这些内容和作品风格不符吧。如此看来，换成对"首相照片"的揶揄，也算是换了一个方向，实现了日记里的批判内容。

这一点，就和将"对数部文学作品的阅读感想"仅限制在了"对永井荷风的《濹[20]东绮谭》的感想"的处理方式相同。

从作品上看，只要能浮现出一个有太宰治风格的女学生形象就好了。如果有些部分内容过剩，会显得很碍事。

既然如此，那这个"揶揄首相照片"的内容也算

---

(20) 濹为日本地名用字。

有原文依据了。原创内容就只剩下了三处。

所以，太宰治最终究竟想写什么呢？我不由得冒出这么个傻问题。如果是作家，自然会回答，想写的是"整体"，是想通过整个作品去表达思想。

这一点我很清楚。但是，我依然要发出如此愚拙的疑问。我想，要找到答案，就得去太宰添加的内容中去找不是吗？最初和最后的段落，以及洛可可料理的段落，只要有这些，这部作品就能坦率自称是太宰治的作品。

这三个部分属于太宰治的原创——能在得知这件事前就读了《女生徒》，我真的很开心。就算此前一无所知，可那部分依然十分抢眼。当然，也是因为被小正当时所说的那些话牵着鼻子走了。

然而，我坦诚地阅读了它，我的耳畔响起了太宰的声音。

此时此刻，我仿佛听到他在对我说：

——正如你所想。

14

不过，说得再准确些，太宰原创的部分还不止这么几处。还有一些细节上的改动。

《女生徒》中是这么写的：

我穿着昨天新做好的内衣，胸口处还绣了小小的白色蔷薇花的刺绣图案。穿上外套之后，这片刺绣就看不到了，没人会知道它的存在。我为此感到有些得意。

这一处的原型，出自《有明淑的日记》七月十八日的这一处：

一天，我做了一件漂亮的家庭作业，那是一件内衣。胸口还绣着草莓的花朵。

太宰将"草莓花"改成了"蔷薇花"。如无例外，草莓花的颜色一般都是白色的。据说太宰治一开始是将颜色也改了，写成了"红色的蔷薇"。津岛美知子在口述笔记《回忆太宰治》中，如此讲述这段往事：

我插嘴说，《女生徒》里关于内衣胸口绣着红色蔷薇花的部分，要是改成白色的刺绣就好了。因为我觉得后者要更贴切些。

自然，最重要的一点就在于，太宰为它赋予了"隐秘之处绣了一朵花"的含义，并点明了主人公的"得意"之情。如此内涵之下，花朵如果是"红色"的，未免用力过猛。

这蔷薇，又在一段内容后的一处场景里再次出现。以下这部分内容，《有明淑的日记》里并没有记录。但它和洛可可料理一样，都非常出彩。

午后是画画的时间，大家都走到了校园里练习写生。不知为何，伊藤老师总是莫名地找我的麻烦。今天他又要求我做他绘画的模特。我今早拿来的那把旧伞在班上大受欢迎，大家吵吵嚷嚷的，闹得伊藤老师也知道了。于是他要求我撑着那把伞，站在院子一隅的蔷薇花丛旁。老师说，画下我这个姿态后，他要拿这幅画去参加展览会。我答应他只做三十分钟的模特。能帮上别人一些忙，我的确很高兴。可是和伊藤老师两个人面对面，这又令我倍感疲劳。他那个人絮絮叨叨，满嘴大道理，或许是过于在意我的存在，他总是一边画一边聊，聊的内容还全是关于我的。我也懒得回应他，真是烦人。这个人太不干脆了，笑起来也怪怪的。明明是个老师，但特别容易害羞，而且又过于扭捏，搞得人怪恶心的。还对我说起他"忍不住想到了死去的妹妹"什么的，真让人受不了。他人倒是个好人，就是太做作了。

说到做作，我这个人也是相当做作的，绝不输于他。而且我要比他更狡猾机敏，八面玲珑。因为是真正的做作，所以很难收场。"如果姿态过于夸张，就容易被它牵着鼻子走，成为一个骗人的怪物。"可是说出这句话，本身也属于在摆姿态，所以我仍旧是动弹不得。就这样，我一边老老实实地给老师当模特，一边在心里不断祈祷"再自然点，再真实点"。先别再读书了。纯粹只有观念的生活，还有无意义的、高傲又自以为是的样子令人感到轻蔑，轻蔑！什么生活没有目标、什么要对生活和人生的态度再积极些、什么心中总有许多矛盾一类的……你似乎频频思索着这些，并为此苦恼。你呀，只是在无病呻吟。你只是想自我怜悯，自我安慰，而且，还把自己捧上了天。啊啊，像我这般灵魂肮脏的人来做模特，老师的画一定会落选的。因为它不可能是美的。虽然这样不好，可伊藤老师在我眼中就是个蠢货。老师他，甚至连我的内衣上绣着蔷薇花这件事都不知道呢。

关于这令人无可奈何的老师的描写，简直可以说是技巧高超得近乎残忍。

老师让她站在蔷薇花丛边，想把她的样子画下来。他永远都无法接近她。那开在庭院里的蔷薇，伊藤老师也能看到。所以他就那样注视着。

然而，内里的蔷薇花他是看不到的，她也不会让他看到，那是一种绝对的距离，一种隔绝。

太宰十分珍惜这刺绣花朵的意义。

主人公回到家中，回忆起去世父亲的场面结束后，刺绣再度出现。

女生徒

我进了房间，屋里的电灯正亮着，四下无声。父亲不在。果然啊，只要父亲不在，这个家就仿佛有什么地方留出了一个大大的位置，空荡荡的。令人感到难受。我换上了和服，对脱下的那件内衣上的蔷薇花献上美好的吻。然后，我坐在了镜台前，听到母亲和客人的说笑声从客厅飘来。不知为何，我突然感到一阵恼怒。

文章在"吻"之前加了"美好"二字。这二字无法替换且不可或缺。

内衣上绣了草莓花——以这一句话为导火索，竟随之引出了如此多的内容。足可见太宰作为一名作家的功力，也足可见《女生徒》的确是他的作品无疑。

15

在《女生徒》中，有这样一个场面：

洗完澡后，我们两人一起喝茶。见妈妈笑得有点怪怪的，还以为她要说什么呢，只见她开口道：

"你呀，最近不是一直说想看那个《赤足少女》吗？既然那么想看，那就去看吧。不过作为交换，今晚要给妈妈揉揉肩膀哦。工作一番再去看电影，应该更加愉快不是吗？"

听妈妈这么一说，我真是高兴坏了。我一直都惦记着想去看《赤足少女》，可是最近我净在玩乐，所以不太好意思开口。而妈妈一定看透了我的心思，所以故意找借口要我干活，爽快地允许我去看电影了。我真的太开心了，我好爱妈妈呀。想到这儿，我忍不住笑了。

母亲对女儿的那份体贴令人感到舒适，温柔。请女儿"给妈妈揉揉肩膀"，这个说辞也很棒。相关的原型出现在《有明淑的日记》的五月十日。

今晚真是个开心的夜晚。妈妈和我洗过澡后，偶然在厨房坐下。我以为妈妈要说什么呢，结果她对我说："你不是一直说想看《霉》吗？既然那么想看，那就去看吧。作为交换，你得和我一起给院子除除草。工作一番再去，应该会更开心的吧？"

听妈妈这么一说，我真是高兴坏了。最近我净玩儿了，所以一直不敢开口。

我真的好开心，好喜欢妈妈。想到这儿，我忍不住笑了。

现实生活中，用"除草"这个说法似乎是可以的，但在小说里，却是用能让两人迅速贴近的"揉肩膀"更好些。

想去看的电影名字也换了。《霉》确实太奇怪了。《女生徒》用的这个电影名，是从"日记"稍早些时候的记录里摘取的。那是五月七日的一段记录。

放学后，我和云居一起去看了《赤足少女》，不过我更喜欢这个导演的另一部电影，《河流》。

云居看电影的时候哭得好厉害。田里的小麦很美。

说到《霉》，若按时间是在战前来看，爱读书的人应该一瞬间就会想到德田秋声的《霉》了吧。因为还出过复刻本，我印象很深。

记得我曾读到这样一件逸事：

一家旧书店的店员接到了一位想要卖书之人的电话，对面说："我手头有本老书，书名读不出来……"两个人在电话里探讨了一通，最终旧书店的人恍然大悟："哦，那书名应该是《霉》。"

《有明淑的日记》写于昭和十三年，不知当时《霉》是否被搬上了大银幕呢？

正当我畅想之时，谷丘老师回来了。

"如何？有什么进展吗？"

"有的，进展很顺利。"

资料上好几处都贴了便笺，老师还帮我倒了茶，我喝了一口，润了润嗓子。

下一堂课，我依然借用老师的研究室继续阅读资料，在一些需要标记的地方贴上便笺，我本来应该自己去复印的，但不知道该去哪儿印。

最终，连复印也多亏了老师帮忙。

16

能读到《有明淑的日记》，真的很开心。这也多亏了青森县近代文学馆。

翌日，我正准备出门去附近一家店吃点午饭，脑海中却突然浮现出日记里的那句"你不是一直说想看《霉》吗"。

太宰治在《女生徒》中，把这个《霉》换成了其他电影。

——说到这文学馆……

去年夏天，我们一家去金泽旅行过。不但逛了一些必玩景点，还去了文学馆——我的理由是能让孩子学到知识。反正孩子有我这么一个妈，他也早就认命，不再反抗了。当然了，我们还去了德田秋声纪念馆。

留在儿子印象里的，是大热天中途走进的一家店里卖的酱油冰激凌，还有浅野川的某架桥上，正在拍摄婚礼照片的一对身穿和服的情侣。那对新婚夫妇的模样，就像从老绘本里走出来的一般。那天天气很热，我们穿得十分轻薄，胸口依然汗如雨下。可想而知，身穿和服正得多辛苦了。

"肯定很热吧……"

绝非冷嘲热讽，这句感慨的确是我们的真情流露。

如今已是秋天，再回忆那段往事，夏日的河面和天空都闪闪发着光，简直像是到了另一个国度。

只要什么东西和文学有关，就会触动我的收集癖。于是，我在德田秋声纪念馆买了文库本和DVD。买年糕要去年糕店，买秋声相关的商品，除了去纪念馆，还能去哪儿？

一旦想到了，我就不愿再多等一秒。心怀疑惑，这感觉就和身上扎了根刺一样难受。我查到了号码，拨通了电话，这一通电话就仿佛打往那个夏日一般。

我对接起电话的工作人员简略讲明了情况。

"是关于秋声的问题吗？请您稍等，我找学艺员 (21) 为您解答。"

随后，一位知识渊博的女性接了电话。

"大中午打扰您了，很抱歉。"

"没关系的。"

对方的声音欢快有力，十分悦耳。

---

(21) 博物馆设置的专门职员。

"关于您刚刚询问的，秋声的作品《霉》的改编电影……"

"是。"

"当时并没有这部电影。"

"欸？"

事情向着出乎意料的情况发展下去了。

"稍等。秋声的作品……最开始改编成电影是大正六年的《诱惑》，然后稍隔一段时间，又接连电影化了《断崖》和《两条路》。当时还是默片时代。"

于是我提到了《有明淑的日记》：

"上面写到'昭和十三年，想去看《霉》'的内容……"

"那一年，大银幕上应该没有秋声的作品。"

真是太奇怪了。这位学艺员一边和我通着电话，一边查着资料。随后，她又给出了一个更具冲击性的回复：

"还有……昭和十三年公开的所有电影之中，根本没有名字叫《霉》的电影。"

——究竟是怎么回事啊，有明同学？

我忍不住心中默念。

"原来如此，在您百忙之中打扰您了。感谢您的解答。"

说罢，我正准备挂断电话，对方又说：

"如果我们这边找到了答案，会再联系您的。您

119

方便留一下电话号码吗？"

看来对方不准备就此作罢，还想继续寻找答案，于是我把自己的手机号留给了对方。

挂断电话后，我没有先去吃饭，而是先思忖了起来。

有明淑不太可能在日记里写下什么虚构的内容。就算《霉》不是秋声原作的那个，但理论上也应该存在这部片子才对。如果不存在这部片子的话……

可能性不就只剩下一个了吗？幸好我把比较重要的部分复印下来了。我找出了《有明淑的日记》五月十日的那短话。上段是原文的照片版本，下段是整理出版的版本。

我开始对比起了下段的"霉"，和上段那个手写的文字。

然而，我的假设根本不成立。

虽然对认真翻刻的老师很没礼貌，但我刚刚想到的是，说不定有明淑原文里写的并不是"霉"字，而是其他的字呢？可没想到的时候，一对比我才发现，有明淑原文中手写的"霉"字，写得非常清楚。

（路走不通了，谜团解不开了。）

正在此时，我的手机振动起来。

（不会吧？）

我拿起手机，竟然真的是刚刚那位学艺员打来的。

"我知道了！"

"欸？"

"我知道那个《霉》是怎么回事了！它不是电影！"

我顿时哑然。不是电影，那还能是什么？

"——昭和十三年，筑地小剧场上演了真船丰的《霉》。我想，日记里提到的应该是它吧。"

"啊……"

真船丰，是收录于《大辞林》中的剧作家。

17

太宰把有明淑提到的作品改成了一部电影，而有明淑在日记的其他部分，也提到了别的电影，于是我便掉进了思维定式之中。

（有明淑，是一位会跑去筑地小剧场看戏剧演出的女学生啊。）

"我完全没想到！"

不过，这位学艺员简直神速啊！她的脑筋应该瞬间就活动起来，想到了"既然不是电影，那就应该是戏剧了"。虽然要检索的话马上就能查到，可是想不到那个方向，又何谈检索呢？

看来，在遥远的石川县金泽，也有帮了我大忙的名侦探呀。

"——您太厉害了！"

"能帮上您的忙，我很开心。"

名侦探爽快回应道。我有点担心自己是不是耽误了对方的午饭。但是解谜能赶在午餐前完成，又实在令人感到快乐。

接下来我又接了别的电话，一通忙活之后，最终拖延到了下午一点还没吃上午饭。正巧天城约我一起吃，于是我们就选了常在这个时间会去的那家便宜又美味的法式小餐馆。

一顿午餐差不多是一千日元。这家店人气很旺，十二点前后总是大排长龙。趁着这会儿，一般公司的午休已经结束的时候来吃，一般都会有位置。

不过，这家店常有熟人来吃饭，所以不方便在店里聊八卦，这是它唯一的缺点。

前菜是可以自己选择的。正餐可供选择的肉类有四五种，鱼类有两种。

我点了生腌三文鱼和红酒炖牛颊肉。菜品口感浓郁，吃下肚能让人产生一种"好嘞，下午的工作也要火力全开！"的感觉。天城点了炸小牛肉排。

一边吃着饭，我一边把刚刚和那位学艺员的交流讲给天城听。

"太厉害了！"

我把研究《有明淑的日记》和《女生徒》的事也

告诉了她。

"听到这儿，真让人忍不住想看看最初刊登这部作品的杂志了呢。"

最初收录了《女生徒》的杂志是《文学界》。天城一边吃着炸肉排，一边对我说：

"你准备怎么找那本杂志呢？"

"我想着什么时候去趟国会图书馆，如果时间富余就找找看。"

只见天城的眼镜一闪光，道：

"但不确定什么时候能找到，肯定会一直记挂着，对吧？"

"嗯，那倒是……"

"既然如此，不如去趟它的老家文艺春秋吧。"

"啊？"

我这一天的吃惊事儿还真多。文艺春秋，正是《文学界》的出版公司。

"我这边也有需要查的东西，正好。我会给文春那边的负责人打电话的，你下午可以跑一趟。"

"今天去吗？"

"不想去？"

"怎么可能！这正合我意呀！"

真没想到，一需要帮助，援手就从四面八方伸过来。一切进行得太过顺利，搞得我都有点应接不暇了。

吃过午饭，我们一般都会花个两百日元，点份红茶或者咖啡，今天也是一样。我还搭配红茶点了一份法式奶冻当甜点。

天城一边用小勺挖着甜点，一边滔滔不绝地背诵起了她准备调查的内容。

"首先是小林秀雄的那个《所谓无常》，它当时就刊登在《文学界》嘛。"

"是。"

我一边听她讲，一边做着记录。

"我想知道当时为《所谓无常》画插画的人是不是青山二郎。"

会产生这个疑问本身就让人感到惊讶。究竟是她负责的哪本书需要求证呢？

"还有山田珠树，就是森茉莉的第一任丈夫……"

天城像在念咒语一样继续讲道。终于把她需要调查的内容记好后，我说：

"明天告诉你调查结果哦。"

18

回归工作后不久，天城跑来找我。

"我已经给文春那边打过电话了，然后，关于你在研究的《女生徒》……"

"是……"

我在座位上抬起头望着她。

"有一个好消息和一个坏消息。你想先听哪一个？"

看样子是让我选个"沉箱子"或"轻箱子"。[22]我当时正在头疼排版的事情，说实话脑子里只有"哪个都行，赶快告诉我"这么一个念头。当然，我不可能这么对天城说话，所以我笑了笑问：

"那就先听坏消息吧。"

"书库那边查过了，正好缺了刊登《女生徒》的那一期。"

我顿时萎靡脱力。天城却微微一笑，继续道：

"然后呢，就是好消息了。《文学界》有复刻版，一本不缺。内容也全部都可以查阅。"

于是，下午四点半，我已经抵达了文艺春秋门前。那感觉，就好似站在超高级大名[23]的名贵宅邸门前一样。毕竟，三崎书房和文艺春秋完全不是一个规模的。

我的目的地，是位于新馆深处的本馆。走过那扇玻璃自动门，左手边就是前台。

---

(22) "选择木箱"的说法可能来源于太宰治的《御伽草纸》之中《舌切雀》一章。其中有一个让主人公（老爷爷）选择竹箱的情节。老爷爷嫌箱子沉，最终拿走了一枚稻穗。而他的老伴因为贪财，随后扛走了最沉的箱子，冻死在了雪地里。

(23) 日本古时封建领主称呼。

我把自己的名字和此行目的传达给了前台负责人。

"请您在那边椅子上稍候片刻。"

负责人用内线电话沟通确认，那边似乎给出了许可的答复。前台给我发了一副"外来访客"使用的挂牌。我们出版社可没这种牌子。

"请您前往三楼，相关负责人会在那儿恭候。"

按照前台的指引，我经过警卫员身边，又走过了另一扇自动门，走进了电梯。电梯上行到三楼后门开了，资料室的负责人就站在眼前等着我。

我跟在负责人身后，走进了左手边的资料室。

放下手里的包，和对方交换名片。

"在您百忙之中，打扰了。"

"哪里哪里，我们和天城老师很熟，也都是出版同行，这样属于互相帮助了。"

我接过了对方已经准备好了的资料。看样子天城之前打电话的时候讲得很详细了，资料上需要求证的部分已经贴好了标签。这位负责人真是既亲切工作能力又强。资料室会开到六点钟，既然资料已经如此完备，感觉接下来的工作应该会比较顺利了。

我准备先把天城需要求证的内容搞定。青山二郎的插画虽然很小，但的确刊登在那一期的《文学界》上。

我好像一个吃完饭后尽情享用甜品的小孩，在搞定了"正事"之后，最后翻开了昭和十四年，刊登了《女生徒》的那册《文学界》。

白水社的新刊广告上，印着弗朗索瓦·莫里亚克所著《爱的荒漠》的相关信息。前几天才刚刚和谷丘老师聊到过他的《黛莱丝·戴克茹》，真是不可思议的缘分啊。

这本《文学界》的目录如下：

生 生 流 转……………………冈本加乃子
女 生 徒……………………太宰治
多甚古村的人们……………………井伏鳟二

这一期的《文学界》主题是追悼冈本加乃子。《生生流转》是她的绝笔作。

太宰的《女生徒》，就跟在了《生生流转》的那句"让阿君姑娘去放唱片，只顾为这番兴致加柴添火，别无其他（待续）"之后。

这一段内容旁，附上一张仿佛碟子或碗中彩绘一般的插图。这是否也出自青山二郎之手呢？

然后是《女生徒》那早已熟悉的文字。

我借用了资料室门口的那台复印机，把天城需要的内容，以及《女生徒》中"洛可可料理"的部分复印了下来。在"这洛可可料理需要相当强的绘画天赋才成。在色彩搭配上，定要有成倍于常人的敏感，否则就会失败。至少，需要我这个程度的细腻感触才行呢"一段话之后，是以下内容：

最近我查了一下词典，关于"洛可可"的含义，词典中的定义是"徒有华丽外表，内容空洞的装饰样式"。真令人忍俊不禁。这解释可真有意思。"美"这种东西怎么能有内容呢？纯粹的美从来都是无意义，无道德的。这一点毋庸置疑。所以，我喜欢洛可可。

我总是如此，在料理时不断品尝菜品口味的过程之中，不知为何就会陷入一种极度空虚的感受里。我疲惫得快要断气，情绪极度阴郁。我陷入一种拼命努力的饱和状态里。先是一切的一切都不断变好，然后突然间，猛地开始自暴自弃起来。料理的色与味全都一团糟，我放弃努力，手忙脚乱地糊弄一番，然后就是一脸不高兴地端给客人。

接下来是：

大家吃着我的洛可可料理，夸奖我的手艺。我虽然感到消沉、恼火、想哭，但还是尽力向大家摆出一副十分开心的笑脸，也陪大家一起吃了起来。不过，我对今井田太太那愚蠢的恭维感到很不爽，忍不住想阻止她继续撒谎，于是我反驳道：

"这种料理一点都不好吃。因为家里什么材料都没有了，所以我才迫不得已这么做的。"

我只是想把事实讲出来，可今井田夫妇俩听了我的解释，反倒大笑着拍手称赞我这"迫不得已"说得真妙。我难受得简直想扔下碗筷放声大哭，但又只能拼命忍住眼泪，逼自己摆出笑脸。甚至连妈妈都说：

"这孩子渐渐也能派上用场了呢。"

太宰治是借着女学生的假面，"肆无忌惮"地拼命反抗呢。

19

我向文艺春秋的负责人道谢，对方十分友好地回复道：

"以后您有什么需要查找的内容，还请随时联系我就好。"

返还挂牌，走出大楼时，四下已经昏暗。

我一边走在通往半藏门站的冷清街道上一边想起，我曾偶然翻开一本《别册 文艺春秋》，读到了长部日出雄的《樱桃与基督 另一部太宰治传》的部分内容。那是很久前的事了。后来我也买了这本书的文库本。

关于《津轻》那段令人感动的再会场面，长部日出雄如此写道：

　　恐怕大部分的读者都会觉得这是一段按照真实发生的事情写下的内容吧。

　　可是，按相马正一的重大发现来看，实际情况下的太宰治，当时是在小泊和他亡弟礼治的同学，当年就读于青森中学的春洞寺住持坂本芳英一起，他把什么阿竹还有运动会抛在一边，两个人在简易棚子里喝着住持带来的配给用的酒，闲话过往。

　　我感觉大脑一片混乱。

　　书中继续道：

　　太宰在《津轻》的结尾处提到，他心中有了个想法，于是开始了最后的一段旅行。因为没能遂愿，所以才有了现在"创作出来的这个虚构的高潮部分"。真是强有力的，极富说服力的论断。

　　也就是说，太宰治感受到的"内心的平静"，那令我们无比感动的场面，其实根本就不存在，是吗？不，因为这作品只是小说家的创作，所以并非真实存在也是理所当然的吧。

　　此外，长部还引用了太宰在《津轻》结尾处写下的一句话："我绝未做任何虚构，也绝没有蒙骗读者。"

　　如此说来，这不就是在宣告"我虚构了内容，我蒙骗了读者"吗？就超越了现实的真实意义而言，也的确正如他所说了。

津岛美知子在《回忆太宰治》之中，也提到了太宰和阿竹之间的疏远冷漠。阿竹"望着太宰的背影，十分不合情理地冒出一句'修治的缺点就是心眼小呢'，随后就在中庭的台阶上坐了下来"，看到眼前这一幕，津岛美知子想：

我开始反省，我发现自己似乎产生了把现实和虚构混为一谈的倾向。一听说"阿竹来了"，我就毫无根据地期待着《津轻》结尾那一出戏剧性的场面能重演，不是吗？可当时他们已经很久没有见面了，而且太宰也对故事进行了一定的改写，可我却忘记了这一点。

可是，只留下作品，把其他一些旁枝末节的记录全都抹除掉才对——这种想法自然也是存在的。接近津岛修治的道路，正是远离太宰治的道路。只记录发生过的事，没发生的就不写，那就不是文学，是"历史"了。

想来，太宰治不是还为自己年轻时写下的第一部创作集起名为《晚年》吗？真实情况，又是如何呢？

比起用一种类似第一人称的自白形式，作家在虚构的形态之下才能阐释自己。关于《舞会》也有类似的评价，不知是否算一语中的呢？

131

20

差不多到了十月中旬，NHK上播放了一个关于太宰治的节目。

我比较感兴趣，于是提前录了下来。

那天我回家很晚。不知是不是心理作用，走上昏暗的坡道时，我感觉之前随处响起的那些好似喷泉一般的虫鸣声变弱了许多。看来季节已经悄然变化了。

眼见孩子去睡了，又目送丈夫去睡了。

深夜，我调低了电视音量，开始看起了之前录好的节目。

电视画面中，以读书家身份广为人知的又吉直树先生正在讲述着太宰治的魅力。他评价太宰的作品"仅凭短短一行就能吸引住读者"。

"我想，太宰治应该称得上是非常能够抓住读者内心的作家。"

又吉直树如此评价，随后他继续道：

"比如这部《女生徒》里面的那句'从黄瓜的绿意感受到了夏天来临'，简直可以直接拿来当作蔬菜商品的广告词。"

听到又吉直树在电视中说的这句话，我不禁感慨：

——哎呀，说得对啊。

这是《有明淑的日记》中五月二十七日的一段话。

晚饭做了一道肉菜，色香味俱全。还做了一道醋拌黄瓜，也做得不错。

黄瓜翠绿翠绿的，简直让人忍不住想说一句"从黄瓜的绿意感受到了夏天来临"呀。

初夏的青涩，是一种让人心中又空又痒的颜色。

写到这里时，有明淑就是太宰治。所以太宰才会在《女生徒》中如此写道：

我独自在餐厅吃饭。这是今年第一次吃黄瓜。从黄瓜的绿意感受到了夏天来临。五月黄瓜的青涩，有着让人心中空荡，同时还又痛又痒的悲伤。

而读到这一段的又吉直树，同样是太宰治。

并不是说"原型的内容没有发表，书写日记的作者本人知情，所以这部作品就算是太宰治的"——并不是这么表层的问题。

那是一种超越了这种浅表问题的，非同寻常的东西。人在"表现"时的秘密，就暗含其中。

从洛蒂出发，途经芥川的《舞会》，然后是三岛，接下来是太宰的《女生徒》。我这番探索书本的旅程，就好似一首长诗，我真的很想讲给谁听。

那么，聆听这首诗的人，自然应该是本月末在上野的铃本演艺场压轴出演的那位落语师了。

133

女生徒

关于昭和十三年的作品《霉》的相关调查，由德田秋声纪念馆的学艺员薮田由梨女士提供，在此感谢她的帮助。

太 宰 治 的 词 典

1

天朗气清。

这个星期日阳光很好，舒适极了。围绕着操场生长的大树枝叶都熠熠闪着光。再过半个月，再赶上天气阴沉的话，估计我就要瑟缩着蹬我的自行车了吧。季节的变化就像棒球部孩子们的跑步训练一样，速度快极了。

从何时起到何时为止是"春天"，从哪里到哪里算"秋天"，很难划分得特别确切。不过，虽不至于让人惊得猛拍大腿，但从平均气温的对比上看，竟然是秋天温度更高些。

"大家一般不是会有春天很温暖，秋天很萧瑟的印象吗？"

电视上的解说者如此讲解道。

"因为春天接在冬天之后，所以感觉更暖些，而秋天跟在夏天后面，所以感觉转凉了。"

太宰治的词典

说得在理。

观看了棒球部的练习，又做好了晚饭吃的奶油炖菜，中午烤了秋刀鱼，和伴侣一起享用。秋刀鱼还配上伴侣刨了不少的萝卜泥。应季的鱼类脂肪丰厚，非常美味。

我把晾干的衣物收了回来，清理好了浴缸。又把上午背的托特包换成小手包，把运动鞋换成长靴，对伴侣说了一声：

"家里拜托你喽，我出门啦。"

说罢，我便出发前往上野。目的地是铃本演艺场。春樱亭圆紫将在晚场压轴。

第一次听圆紫大师的落语，已经是近二十五年前的事了。这说法听上去似乎很夸张，不过圆紫大师如今竟然也顺理成章地成了顶尖的"大真打"。之所以用"竟然"，当然不是为了表达意外或惋惜，这只是对时光如水、岁月如梭的感慨。

这些年新人辈出，好似争先恐后绽放的花朵，令听众欣赏之余也不禁期待他们接下来的发展。

可是，容我僭越，作为认识了圆紫大师二十余年的观众，在我心里，身坐观众席观赏他的表演，仍令我内心雀跃不已。

毋庸置疑，圆紫大师的人气是相当高的。独演会的票也是一秒售空。曲艺表演也一样，只要有圆紫大师压轴，中途入场肯定没有座位。

我准备在开始前一小时到场排队。我最想看的当然是圆紫大师的表演，不过一场曲艺表演从头到尾也会形成一个完整的"世界"。随意乘兴入场自有其趣味所在，但这一次我准备久违地从头开始观赏，彻底沉浸一把。

　　其实，我现在仍和圆紫大师互通信息。不过我每次看戏都不会提前和他讲，而是会等演出结束再去后台拜访。但这一次我提前给他发了"会去观赏表演"的信息。

　　我心里暗暗地期待着和一阵子未见的圆紫大师聊聊。我攒了一肚子的话想说，心里有话得要说出来才行，对吧？

　　哎呀呀，我这"暗暗的期待"真能遂愿吗？

　　圆紫大师想必十分忙碌，不知晚上的压轴演出结束后，他是否还有其他的工作要做？倘若是最后一天的演出，大家可能还要一块吃饭庆祝演出结束吧？如果遇到这类情况的话……我开始担忧。

　　不过，圆紫大师的回复令我的担忧一扫而光。

　　——那么，演出结束后可浅酌一杯。

　　他在回信中如此写道。

2

　　四点稍过，我抵达了铃本剧场前。

大约十五人已经整齐地坐在人行道对面的主干道护栏上了。靠公园一边是队头，靠上野广小路一边是队尾。这些人大多都低着头，有的在读书，有的在用手机发信息。看来都做好了要等一段时间的心理准备。这支队伍不是从铃本入口处排出来的。如果不知内情，一定会产生"怎么会有这么多人坐在这儿休息？东京这地方真容易让人疲劳啊"的感想。不过知道门道的人，自然能从那队列之中感受到来自演艺爱好者的光芒。

以防万一，我又和他们确认了一下：

"请问这支队伍是在排铃本的晚场演出吧？"

确定了我才排进了队尾。万一他们真的只是坐在这儿休息的人，那可就糟糕了。

宽阔的街道向右拐了一个大弯，避开了位于前方的上野公园和上野站。排成一排的大楼也在拐弯处戛然而止，整个视野在眼前广阔地展开。在这条路前方，就是上野的森林。还有白色的云朵，仿佛画作一般美丽的天空。

我会想到这些，还要从两三天前去了一趟池袋的大学说起。当时是因为工作要开会，不过商讨结束后还有些时间，于是我走进了大学前的一家旧书店。那家店也在贩卖一些绘画明信片。

买十张会打折。我这个人本来就对减价、打折一类的说辞特别没有抵抗力，而且挑选明信片的过程也很开心。

我虽然也挑了岛津的公卿照片，还有蒙德里安、横山大观的画。不过主要选中的还是描绘欧洲的美丽天空的风景画。蓝蓝的天，白白的云——说来似乎理所当然，可这种理所当然的美勾起了我的怀恋之情。

面对现实之中的美景，我们似乎很难发自内心地吐出"好像明信片一样啊！"一类的感慨。然而，此时此刻，我仰望上野公园的那片天空，脑海中浮现出的正是被我买回家的那枚小小的明信片。买下那张明信片的举动，就好似对我今天所见风景的一场预告。

遥远的美丽高空之中，有一架飞机飞过，横着划过了一条白色的飞机云。

我又将视线收回到铃本大楼的入口，发现门口左右的位置都摆着长条旗，营造出浓浓的曲艺演出气氛。左边是日场核心演员的旗子，右边则是夜场旗，底色是紫色，上书"春樱亭圆紫师匠江(24)"几个字。此日无风，几乎感觉不到空气的流动，但竖着的旗帜靠上的位置却在微风之下仿佛呼吸一般微微浮动着。

我排在队列中，坐到了护栏上，随后翻开了准备好的文库本。那是太宰治的短篇集。标题用了我很喜

---

(24) 在一些传统的曲艺演出时，支持者或赞助方馈赠的鲜花旁会写有出演者姓名并后缀"（赞）江"，有祝福吉祥之意。此处的"赞"为"称赞""赞美"，"江"指代不绝的江流，表示演出者的艺术生命永远繁荣，如江水源源不绝。

欢的作品《蟋蟀》，很开心。我读了几页，发现整个队列又成倍延长了，看来，差个五分钟都大不一样。

（大家都是为了来看圆紫大师啊。）

想到这儿，明明和我毫无关系，我心里却喊了一声"真棒！"在我眼中，那些排着队的观众简直像善男信女一般了。实际上或许也是如此吧。

很快，一个身穿法被的演艺场小哥走出来高声吆喝道：

"接下来请大家不要变动位置，也不能插队了哦。"

如果伴侣迟到的话，我估计会感到心烦意乱。不过这次我是一个人来的，没什么好担心。

随后，场内响起砰砰砰砰的清场太鼓声，里面的客人也陆续走了出来。

时间差不多了，队列开始动弹起来。大家按顺序买票，乘坐长长的扶梯，走进楼上的演艺场内。虽然来时斗志昂扬，不过到了才发现里面还空着不少好位置。我放下行李，开始琢磨晚饭的事。不过铃本这边的便当已经卖光了。

因为也可以离开剧场，所以我在几栋楼开外的便利店买了一份"季节限定蛋包饭饭团加南瓜"便当，还买了一罐热咖啡。

说实话，座位的确不算松快，不过可以把收在位置上的简易小桌翻开，再把吃的喝的摆上去。用这种春季赏花的感觉，从头开始欣赏一场表演，这感觉本身就相当松快，相当奢侈了。

落语、漫才、剪纸、太神乐，各种曲艺形式不断变换，看多长时间也不会觉得腻。真是大饱眼福啊。

3

高座右侧深处的墙边，摆着一面厚重的隔扇屏风。就是立在玄关，兼具遮挡房间内部作用的摆设。在时代剧中常会看到这样的场面，有人隔着这屏风招呼一声"打扰！"那屏风背后就会传来一声"是哪位？"随后走出人来。

说到"屏风"，我们现在一般会想到在木棂骨架上糊了纸的那种摆设。但在过去的平安时代，屏风是类似隔扇一样的东西，可不是那种能折叠的轻巧玩意儿。

那巨大的隔扇屏风上，画着一只黑色的狮子。它向下斜睨着，张着嘴，发出无声的咆哮。

一个又一个曲目，就在这狮子面前轮番上场。

一番趣味盎然的戏法表演，令台下沉浸在一片欢快气氛中。随后，终于响起了《外记猿》的出场伴奏声，大真打翩然现身于高座。

舞台顿显华美。

"久候多时！"

"但望尽兴！"

台下响起喝彩声。

圆紫大师礼仪周正地低头行礼，又分寸刚好地抬起头。和过去比起来，他的白发相当醒目，但并不会令人产生强烈的岁月流逝之感。腰围略涨，倒是更显威严。真正喜爱他的观众，对他身材的变化只会引出"年富力强"的感想。

圆紫大师从自己白天在横滨的演艺会上出席的事情起了话头，他充满慈爱地讲起了当时弟子闹出的一个滑稽的误会。

关于落语家的"粗忽囉"[25]，我之前也略知一二。比如想锯掉大树的枝干，结果锯断了自己坐着的那根树枝，或者去寄明信片的途中买了鱼干，结果误把鱼干扔进邮筒一类的……这种都属于比较传统的"粗忽囉"了。

圆紫大师一边讲着传统故事，一边还讲述着弟子的优秀"新作"。

"这简直就只有他能做到了。虽然听上去像在骗人似的，可他并没有什么目的性，可以说，他的生活本身就是演艺的一部分。单论这一点，我是万万赶不及他的——话虽如此，可事到如今我倒也还不愿拜他

---

(25) 以主人公的貌似疏忽等失误为主题的故事类型。

为师呢。"

即便是他人之事，但只要可称为"杰作"的失败经验出现，它就会成为此人的一段逸事，就会被添油加醋地传播开来。

"这也算是一大优点，一大长处了。虽然与此事相提并论或许有些失礼，不过聊到'奇迹'这件事，以前不是常会提到是弘法大师所为吗？挖出温泉，多亏了大师，渔猎丰厚，多亏了大师。什么好事都是因为多亏大师。这就是所谓的'祖师称号被日莲夺了，大师称号被弘法夺了'吧。"

所谓祖师，就是一宗一派的开山祖师。能称为祖师的人有好几位，不过一般提到祖师，指的都是日莲。所谓大师，指的是德高望重的僧侣，最澄便被称为传教大师。不过，一提到大师这个称号，一般指的都是弘法大师，也就是空海。

说到这儿，圆紫大师继续道：

"说到有名的奉行，那就是大冈越前守。说到名判官，到处传颂的都是大冈大人的事了，不过我们这回要讲的，是佐佐木信浓守大人……"

就这样，圆紫转而开始讲起了《佐佐木政谈》。

就任之后的信浓守想访察民情，于是隐姓埋名，在城镇里到处走动。他看到有一群孩子聚在一处玩着审判游戏。其中一个坐在高位上的孩子说了一句：

"我就是佐佐木信浓守。"

这就是故事的主人公，少年四郎吉。面对质问，他闪转腾挪，巧妙判断，令一旁的信浓守心中暗叹"这少年绝不简单"。当然，这心中想法并不会被表演者直接说出口，它是一种以心传心的感觉，会让聆听者强烈地，不间断地产生这种感受。

四郎吉这个角色也不讨人厌。他思索时眉心上翘、瘪着嘴巴的模样还是非常孩子气的。而当正确答案浮出水面，仿佛在他脑海中猛然拉亮灯泡一般的开朗表情，也会让我们这些台下的观众忍不住流露出微笑。

4

先用啤酒碰个杯。

我们来到了大楼二层的一家店里。这家店有点像圆紫大师的"秘密大本营"一样。炒银杏的表面很有光泽，带着淡淡的黄绿色，令人自然联想到秋季的风情。

圆紫大师轻抚了一下自己的肚子说：

"年轻的时候呢，总想长胖点。所以一直喝酒。人太瘦了穿和服就不怎么合身。这就是我当时想长胖的原因。听上去有点像开玩笑，但我当时可是认真的。结果呢，不知何时起，腰围就涨了这么多。哎呀，简直像在报复我了。"

我表示，大师与其说是"胖了"，不如说是"丰满"了。

"丰满这个词很棒的，不过要对女性这么说就算出局了哦。"

"是吗？"

我立刻回答：

"当然了。可别以为这么说是绕过了危险地带哦，那样想就是大错特错了。"

听我这么说，圆紫大师微笑道：

"但你还真是一点没变。"

根据我们对话的逻辑，他应该指的是体形吧。

"才没有呢，还是……微妙地有些变化啦。"

"那该用什么词才算合规呢？"

"嗯？"

"就是你指的微妙的变化……不过，或许什么都不说就是最好的吧。"

"不要引火烧身，是吧。"

我一边在生蚝上挤着柠檬汁，一边举例道：

"比如，有一次在派对上，有个诗人假装若无其事地凑近过来。"

"哦……"

"那诗人反复结婚又离婚，总之人生经验十分丰富。他面露和善的微笑，这么对我说道：——您已颇

147

有结了婚的女人模样了呢。"

这种说辞，我并不讨厌。

不过，此事也是因人而异。要是一副爹里爹气的口吻，抑或是一脸坏笑的模样，那我肯定接受不了。但当时的我听罢却只有佩服。

那是一种发生在当下的，爽朗的，对岁月予以的肯定。

——啊呀，真不愧是诗人。

我心想。

诗人能在一瞬之间，将那种非同虚构的实感凝聚起来，展示给我们看。这种表达，就仿佛鸟儿在唱歌，是超越了某些雕虫小技的本事。

圆紫大师点头道：

"的确很难。同样一句话，由谁来说，又是在何种情境下说出口，呈现出来的好与坏可以说是截然不同的。"

"落语也是一样，对吧？"

"没错，不如说，一切皆是如此吧。"

我们两人开始分食起了生蚝，海螺也是平分。

话题转到了落语上。

"请问，《佐佐木政谈》是哪位师傅传授的呢？"

"矢来町。"

圆紫大师所谓"矢来町"，指的是古今亭志朝。我很庆幸能和优秀的大师生活在同一时代，但也正因如此，所以当大师离去，才令人越发感到落寞。而古今亭志朝便是这样一位大师。

圆紫大师继续道：

"从以前起我就很喜欢那个故事。读中学的时候我请父母买了录音机。记得应该是趁着一个比较特殊的时候提的请求吧，可能是过生日或者圣诞节。父母带我一起去了电器店，给我买了录音机。"

街上的电器店——如今这说法已经带着几分怀旧了。

"您也收集落语放送？"

"想做到那一点，还得再过十年呢。当时还是卷盘磁带的时代。录音带可是相当贵重的。我只有两三盘。我会录音乐，也会录落语表演。除了非常非常特殊的内容，否则我一般反复听过之后，又会录新的内容，覆盖旧的内容。在这些内容里，我对新作表演也相当受欢迎的三升家小胜师傅讲的《佐佐木政谈》视若珍宝。在我心里，这就是表演者和故事的内容特性相合的感觉——后来进入磁带的时代，我以为再也听不到了，可最近这些作品又被转成了CD，活得久些还是很有好处啊。我看了一下解说，上面写的是'昭和四十一年'。正是我当年用录音机听这个故事的时间。"

"古今亭志朝师傅也有那个系列吧。所以他才会传授给您这个故事。"

"没错。"

此时，炸剥皮鱼块端上来了。

5

"说到矢来町……"

我自然而然地把话头连到了之前在新潮社大厅看到的百年新潮文库复刻本上。然后，又讲起了洛蒂，还有芥川《舞会》的话题。

"芥川在《舞会》中把《阿菊》写成了《阿菊夫人》，因为呀……"

圆紫大师看着我徐徐梳理之前的探索过程，表情好似一个看着小孩子学跑的老父亲。在他那种慈爱眼神的注视下，我有种坐进柔软沙发之中的感觉，特别安心自在。

我不太擅长喝酒，不过这家店有一种和红酒的华丽风味相似的酒，我还是能喝上两杯的，而且这酒的口感也相当美妙。

店家独创的土豆沙拉也非常美味。

我讲到了太宰治的《女生徒》，又讲到了有明淑。然后，讲到了洛可可料理。

我翻开文库版的《女生徒》展示给圆紫大师看。

我总是如此，在料理时不断品尝菜品口味的过程之中，不知为何就会陷入一种极度空虚的感受里。我疲惫得快要断气，情绪极度阴郁。我陷入一种拼命努力的饱和状态里。先是一切的一切都不断变好，然后突然间，猛地开始自暴自弃起来。料理的色与味全都一团糟，我放弃努力，手忙脚乱地糊弄一番，然后就是一脸不高兴地端给客人。

所以，所以在这一段的前面，才会有：

这洛可可料理需要相当强的绘画天赋才成。在色彩搭配上，定要有成倍于常人的敏感，否则就会失败。至少，需要我这个程度的细腻感触才行呢。最近我查了一下词典，关于"洛可可"的含义，词典中的定义是"徒有华丽外表，内容空洞的装饰样式"。真令人忍俊不禁。这解释可真有意思。"美"这种东西怎么能有内容呢？纯粹的美从来都是无意义，无道德的。这一点毋庸置疑。所以，我喜欢洛可可。

如此一番真实的呼喊，对吧。

接下来，我还告诉圆紫大师，在阅读太宰治的《女生徒》中描绘的"电车抢座位"一幕时，我隐隐感受到了一丝违和感，后来我又对照了《有明淑的日记》，顺利地解决了这个小谜团。

151

"所谓的'谜团',并不是写在答题纸上的问题一、问题二,对吧——老师在讲解后会问学生'那么大家还有什么问题?'于是,教室里一片死寂。这并不是因为大家都懂了,而是因为所学的内容还没有被全部吸收,所以才没有办法提出问题,对吧?"

圆紫大师温柔地望着我回应道:

"没错。"

提出疑问是很难的。很多时候,我们甚至不知道何为谜题。所以最后总会变成"我问不出什么来,真抱歉"。

"啊……"

"怎么了?"

"我差点忘了!难得拿过来的。"

我从手包里取出了一个装点心的小袋子,还有包装纸。是"生而为人,没墨煎饼"。我毕恭毕敬地把它递给了圆紫大师。

"真令我大受震撼。"

"您不知道这种点心?"

"是啊,我不知道。"

"那我就放心了。"

"嗯?"

"原来圆紫大师您也有不知道的事。"

"这世上可净是我不知道的事呢。"

我指向那个小袋子,道:

"保质期截止到明年的春天，所以还有时间。"

"既然如此，那我也无须慌张，可以好好品尝了。"

圆紫大师仔细读起了包装纸和小袋子上印的字迹。

"——'生而为人，我很抱歉。'这是太宰治的文章《二十世纪旗手》的副标题，对吗？"

"没错。"

"嗯，这倒是对的。不过没写是谁说的呢。"

听到圆紫大师这句话，我有些疑惑地歪起头。

"太宰很喜欢在作品开头的位置放句话。令人印象比较深的应该是《晚年》吧。"

"哦哦……"

那是十分值得纪念的，他的第一本书。是一个短篇集。太宰治在卷头"叶"的位置引用了令人一读便难以忘怀的一首诗。

我被上天选中，
欣喜若狂，而又惴惴不安。

魏尔伦

的确是极富太宰治风格的引用。

圆紫大师道：

153

"此外，他还会引用一些《圣经》上的内容，有些会写清出典，有的没写。"

"您的意思是说……"

我提心吊胆地开口问：

"'生而为人，我很抱歉'不是太宰治本人说的？"

"我记得，这是一位名叫寺内的诗人写的一句诗。"

6

"关于这件事，太宰的朋友山岸外史做过详细记录。有一本名叫《太宰治其人》的书，还出了文库版，所以此事并非秘密。"

大约二十年前写毕业论文的时候，我稍微找过一些芥川龙之介和菊池宽的资料。但太宰治这边，我除了偶然看到些只言片语外，也就只读过文库本和全集解说。在我看来，读过作品就够了，我这想法大概也代表了一般读者的心理吧。

自从接触了《女生徒》，我感觉自己一脚踏进了出乎意料的，太宰的人生之中。而关于他，我不了解的细节还很多。

"前一阵子，电视上播放了一个改编自太宰治某个短篇作品的系列电视剧。每一集开始的部分，都会插入朗读'生而为人，我很抱歉'的人声。"

男性、女性，轻语、嘶吼，低声、高声……这句话被不断重复。对它的诠释也是多种多样的，每个人都有所不同。

"就和卷头的引用是一样的道理吧，它就仿佛一把打开太宰治这扇大门的钥匙。"

"可是，看到这些之后，一般人都会把'生而为人，我很抱歉'当成是太宰治的原创吧。"

"嗯，既然没有写明是谁说的就拿来引用，那么在被引用之时就已经算是被据为己有了吧。算成是太宰所写，似乎也不见得是不对的。"

好可怜啊。

"既然是卷头题词，那么想引用什么话都是可以的。不能算是剽窃。——可是，不写引用的出典，这种做法放在如今看来就是很有问题的……对吧？"

"就算要求写明，恐怕他也不想写吧。'魏尔伦'或者'圣经'一类的或许可以很自然地写出来，和正文摆在一起，形态也很统一。但如果一个名字和自己想要创造出来的那个文学世界不相符，他就不想标出来，可能是觉得碍事吧。"

这做法简直堪称残忍。可在太宰看来，这或许就是他作为创作者的"诚实"体现吧。

圆紫大师继续道：

"太宰呢，在卷头写过'爱是恣意掠夺'。这句引

155

用他也一样没有标明是谁说的。但并无所谓，因为有岛武郎的《爱是恣意掠夺》很有名，大家都知道。读者一下就明白了'哦哦，这是把那个作品名按照古代名言的形态引用了呀'。简单说来，太宰治就是不想写成'爱是恣意掠夺 有岛武郎'。他的作品不需要那么写。"

我望着话题的核心，那枚"煎饼"，开口道：

"请问……被引用的那位寺内，是名人吗？"

"不，毫无名气。他的'生而为人，我很抱歉'倘若没有被太宰引用的话，应该也早就被遗忘了吧。"

"是因为太宰所以才留存了下来，也可以……这么说，是吗？"

虽然并非出于原作者本意，但这件事的确变成了这样的结果。

"这种事，太宰也不止做过一回两回了。将他人的文章当作食材，吃下并消化。这位作家的食欲可是相当旺盛的。不过，取材、收集资料，然后再整理总结，最后发表文章——这本来也是作家的工作。不过在当时，最后能不能署名'作者'，似乎还要看作家本人的能力了。或者，也可以说是'魔力'，要拥有远超常人的能力才行。"

我低吟道：

"……这不就是'祖师称号被日莲夺了，大师称号被弘法夺了'吗？"

"嗯？"

"那位寺内先生，还有其他人……都被掠夺了，都被太宰恣意掠夺了啊。"

浅酌之后，清爽的梅茶泡饭上桌收尾。

圆紫大师看着"生而为人，没墨煎饼"，道：

"这句话用得的确巧妙。不过这个'我很抱歉'，其实不是在道歉。而是在表达'我很可怜对吧，所以请原谅我'。"

"啊，我也感觉到这层意思了。"

"太宰殉情时，给他的太太留了一封信。上面写着'我爱你胜过所有人'。"

"哎呀……"

梅子好酸。

"你觉得如何？"

"客观看来，这话说得让人想骂一句'开什么玩笑'！"

"作为一名丈夫，他可以说是做了最最过分的事了，可即便如此，他依然'不想被讨厌'呢。"

"在自私任性的领域里，简直可以拿冠军了。"

圆紫大师轻声继续道：

"刚结婚时，太宰曾对他太太说'你可以暗地里嘲讽我，但表面上一定要对我喜爱有加才行'。"

"……这话说得真是不一般。"

157

他就这样对新婚妻子展现出了自己的本性。这些内容想必也记录在《回忆太宰治》中了吧，看来应该重温一遍了。

内心的隐秘总是不知餍足，也不愿让伴侣的心获得片刻安宁——在结婚生活刚刚开始之时就对妻子说出了那种话的太宰治，最后留下了一句"我爱你胜过所有人"便投水死去了。

无数情绪纷杂无序。可话虽如此，他却仍旧没能写下真正的心声。

——我爱自己，胜过所有人。

"毕竟是和别的女人一起殉情——从客观角度来看，写这种遗书活该被他妻子撕得粉碎……可是，从主观角度来看，或许就不一样了。"

我的头脑一片漆黑，突然，那黑暗中浮现出自己正在阅读那封书信的样子，于是我继续道：

"或许……多亏了这句话，才支撑着她继续活下去了吧。"

"是吗？"

于是，我说出了令自己也感到出乎意料的话：

"因为，他已经死了……留下的不是他，留下的只有他的那句话。那句话也已经……不会再去哪儿，不会再见到谁了。所以它，就是'真的'。"

7

端起盛了最后一碗焙茶的茶碗，圆紫大师道：

"刚刚你提到所谓'谜团'，并不是写在答题纸上的问题一、问题二……"

"是。"

"虽然我不敢妄称'老师'，不过作为年长一些的人，我能向你提问题吗？"

哦！我听他这么一说，不由得挺直了腰板。

"当然可以。"

圆紫大师一向是为我指点迷津的神。只见那焙茶的热气缓缓升腾起来。

"听了刚才你的描述，我的第一个想法，就是《太宰治的词典》。"

大师是想表达什么？我完全没懂。

"词典……"

"没错，你看，'洛可可料理'那部分，太宰治不是写了'最近我查了一下词典'吗？"

"……"

这么说来，的确如此。

"那究竟是一本什么词典呢？"

"这个……"

那是小说里写到的东西，所以不可能知道是什么词典的吧。

"一个从家到学校两点一线的女学生会查的词典。

而且是手边就有的词典，应该是这样设定的吧。"

"没错。"

"是不是太宰治在写到这儿的时候，自己翻开了一本词典，然后忍俊不禁了呢？"

"感觉上是这样的。"

"可我在想啊，太宰的词典里，应该没有写到'徒有华丽外表，内容空洞的装饰样式'的地步吧。看上去太过迎合他的需求了。这句话很有太宰治的味道，但不像是词典会用的表达。"

"……"

"这可能是太宰从其他地方摘来的解释吧——但是，作品里的女学生，也只能把这个词'据为己有'。她没法对太宰治提出抗议。这该如何是好？想要知道洛可可这个词，最快捷的方法，就是找'词典'。但这个词典不必是现实存在的东西。太宰写的是小说，他不书写事实，只书写真实。"

"是的。"

"因为是作家，所以真正的词典应该是必需品，我想……"

圆紫大师含了一口焙茶，短暂地思考片刻，随后说：

"我记得……好像太宰在他的一部短篇里写过，自己曾将家人扔在一边跑出去喝酒。当时他好像是拿着词典出的门。"

这么细节的内容，我完全没有印象了。

"哦……"

"所以，《太宰治的词典》的确存在。如果能知道那是一本什么样的词典就好了。不过在我看来，我希望哪怕翻开那词典，也找不到太宰治写在文章里的词句呢。"

如果是太宰治，应该不会去翻找一本现实中的词典吧。

"还有一个问题，就是《女生徒》中的最后一幕。"

圆紫大师拿起那本《女生徒》，翻到了那一页。

我有个可悲的习惯，总是要双手捂着脸才能睡着。我挡住脸，一动也不动。

陷入睡眠之中的那种感觉很奇特。就好像鲫鱼或者鳗鱼在一下、一下地拉动鱼线一般。有什么重重的，铅块一般的重力连着线，拉拽着我的头。于是，我便昏昏沉沉地要睡过去。可紧接着，鱼线似乎松弛了一些。于是我又突然清醒了过来。随后，鱼线再一次被拽紧。我再度陷入昏沉。但紧接着，鱼线又松了……如此反复个三四次，然后才第一次猛然地彻底拉紧鱼线，这一次我一直睡到了天亮。

晚安。我是没有王子的灰姑娘。您知道我身在东京何处吗？我们将永不再见。

"从清早开始，到夜晚结束。这仿佛奇迹般的作品，也拥有一个精彩的，奇迹般的结尾。太宰治果然是天才。"

我的想法和圆紫大师完全一样，所以除了点头别无他法。圆紫大师对着化身为一台只会点头的机器人一般的我开口道：

"最后这句'我们将永不再见'又是什么意思呢？"

"……"

"永不'再见'，说明曾经见过面，对吧？"

"……的确。"

"那么，是在哪儿见的呢？"

"应该是在这部《女生徒》的故事里见的吧。阅读这个故事的'你'和'我'曾见过。可这个故事结束，书本合上，就是'永不再见'了。"

"如同大幕落下，是吗？"

"我认为是这样的。"

圆紫大师将掌中一直把玩着的茶碗摆回到桌上：

"当然，这不是一个'一加一等于几'的问题。如果能得出一个绝对的答案，那它就不是小说了。不过，对内容进行多种多样的思考，这或许就是品鉴作品的有趣之处吧。"

8

有求知求解之物，于我来讲是件高兴事。多亏了圆紫大师，我这书中之旅才得以继续。

重温津岛美知子的《回忆太宰治》我果然找到了这一段：

太宰其人，就好似被剥了皮的因幡白兔[26]。如果可以，他简直恨不得一直被蒲棒的穗絮般温和的言语所包裹。我们刚刚结婚，他就告诉我"你可以暗地里嘲讽我，但表面上一定要对我喜爱有加才行"，令我不禁哑然。

除了这段描述外，还有诸如"比起率直，太宰更爱表演"或者"他总喜欢把自己摆在被害者的位置上"等内容。

关于太宰使用的词典，书中也有记录。

在"书斋"一章中，提到了他们三鹰的家。"工作时，他就坐在和壁龛呈直角的拉门边，那张樱木桌

---

(26) 因幡白兔：记载于《古事记》中的白兔。白兔欺骗鳄鱼（日文写作"和邇"），让它们排列在海面上，自己一路踩着它们的后背从淤岐岛去往因幡，但因谎话败露，被鳄鱼剥了皮，淹在海中。白兔苦苦挣扎之际被大穴牟迟神所救。大穴牟迟神教导白兔先去水门用河水洗浴身体，再取河边蒲棒的花粉，在花粉上滚一滚，即可恢复。白兔照着指示做，果然皮肤不再剧痛。

旁。"关于太宰使用的文房用具也有记录。一开始他用的是某种爬虫类皮革制成的蘸水笔，不知何时起，他开始使用夫人的钢笔，写不出字来就用笔尖蘸墨水写。

"那笔的牌子应该是'Eversharp'。太宰用这支笔写了十年，或许是因为他下笔比较轻，所以才能用那么久的吧。"

诸如此类，都是只有身边的人才会关注到的一些细节。

根据这种写法，我可以判断她的记录还是可信的。说到汉日词典，他用的是《汉日中词典》。然后就是最最重点的国语词典了，他用的是：

《掌中新词典》。

太宰的桌子上摆着给稿子扎眼用的锥子，还有把原稿穿钉起来的长纸捻，以及空樱桃罐，而这本《掌中新词典》，就和所有的这些一起，摆在案头。

《女生徒》是在昭和十四年，也就是冬季结束，春季伊始之时写下的。从甲府搬去三鹰，是在那一年的九月。当时，太宰使用的词典是《掌中新词典》。那是一本什么样的词典呢？既然写了"掌中"，想必应该是本很袖珍的小词典吧。

津岛曾在书中提到，太宰"在工作中如果遇到必须购买一些资料的情况，会尽量选择文库本。他比较偏爱小尺寸、轻盈的书"。既然如此，那这本《掌中新词典》应该是他十分喜爱的一本书了。

根据圆紫大师的说法，太宰还曾经——貌似是曾经拿着词典出门溜达。看如今《大辞林》和《广辞苑》的体量，肯定是没法随意拿着出门的。

记录这个细节的究竟是哪部作品，我一下子就查出来了。是《樱桃》。

活着真是件辛苦事。四面八方的锁链缠住身子，稍一动弹就是血流如注。

我默默站起身，从六叠大的房间桌子抽屉里拿出装着稿费的信封，塞进袖子里。然后又用黑色的包袱皮包起原稿和词典，一溜烟地跑出了家门。

我已经没心思工作了。脑子里转着的全是自杀的念头。于是，我径直向酒馆走去。

"欢迎光临。"

《樱桃》是太宰治于昭和二十三年创作的作品。它和《女生徒》之间隔着战争，那是长达九年的岁月。或许这里面提到的词典已经不是《掌中新词典》了，可是，就好似穿惯了的衣服舍不得丢一样，他或许早已用惯了这本词典，并未换过。

无论如何，可以断定一点：太宰治执笔之际，案头的确是摆着词典的。

9

山岸外史的《太宰治其人》由筑摩文库出版，很简单就能买到。

不需费力，一眼就找到了"关于'生而为人，我很抱歉'"这一章节。山岸在书中写道："关于那一晚的事，我至今记忆犹新。"当时，他正和太宰治二人向着银座走去。

当时我们已经走过了京桥。路旁的行道柳好似影子一样整然排列。走在熙熙攘攘的大路上，我突然对太宰提起了"生而为人，我很抱歉"这句话。这是一首名为《遗书》的诗，这首诗就只有这么一句。它是我的表兄寺内寿太郎的作品。

寺内寿太郎是一个拥有独特才能的奇人。而太宰在听了山岸的话后：

低吟道"这句话写得可真不错呀"。听上去，他似乎也对这句话产生了某种深刻的感悟，不过，我以为那只是极为单纯，极为简单的赞誉。记得我们一时无话，那一晚他就是那样的表现，后来我们的话题也有了变化，我认为，凭借这些细节，更能凸显出太宰对这句话感铭至深的态度。"这句话写得可真不错呀"这就是太宰的赞美之词。

过了一阵子，寺内跑去了山岸家。

"外史，太宰治也太过分了！"寺内一开口就是控诉，明显心急如焚。寺内很少表现得如此激动。听他一讲，原来是太宰治盗用了他的那句"生而为人，我很抱歉"，当作自己的作品《二十世纪旗手》的副标题了。"就那么堂而皇之地刊登在本月的《改造》上。"

寺内确定是山岸告诉太宰治的，所以就去找他了。因为这是一个无名之辈尚未发表的作品。这可如何是好？寺内脸色煞白地说"这简直就像是偷了我的命一样！"

而太宰的说辞则是"我以为这话是山岸君说的呢"。因为他们两人之间似乎是可以互用这些想法的。太宰还说"哎呀，这可怎么办呢？我好像做错事了"。然而，太宰的图书出版时，这篇文章依然没有标上寺内寿太郎的名字。

山岸在书中写道：

"虽然也不完全是因为这件事所致"，可"寺内仿佛变了个人，变得阴沉且寡言"。

战后不久，我的一位也认识寺内的朋友，在品川站月台上的一群人中看到了寺内。他确定那个人一定是寺内。对方戴着一顶破旧的软礼帽，穿着脏污的衬衣加外套，仿佛远眺着地平线一般，眼神恍惚地站在那儿。

而这，就是关于这位写出了下面这首诗的诗人，最后的音信。

遗书

寺内寿太郎

生而为人，我很抱歉。

10

仅仅是这么一段话，就展现出了表达的残酷性，也让我看到了被卷入其中的人的姿态，心中忍不住隐隐作痛。

但是，其实事情还不仅如此。在谈到寺内的那天晚上，山岸也讲到了其他一些诗人。

记得那一晚我还带太宰去了银座三丁目附近的书店。我从书架上抽出一本萩原朔太郎的诗集。向他介绍了那首《夜行火车》。就这么聊着诗歌，我发现，太宰看上去也是第一次发觉到了萩原朔太郎诗歌的妙处。他还说"这首诗写得可真不错啊"。那时候太宰二十七岁，对日本的诗人还没什么兴趣。

如果说"写得可真不错啊"就算是"盛赞"了的话，那这算得上是太宰治给出的最高等级的夸赞了吧。但是，我并没从中感受到什么热情。

不过话又说回来，在这里看到了《夜行火车》这首诗，我感受到了某种不可思议的缘分。

这首诗内容如下：

夜行火车(27)

黎明灯火淡淡
玻璃窗在手指上留下寒意
微白的山
如水银般静静流动
旅人尚未从睡眠中醒来
唯有疲倦的电灯的叹息声声不停。
夜行火车上甜腻的清漆气味
还有隐约中纸烟的烟味
让干燥的舌头感到难受
一个结了婚的女人正绷紧身体叹息。

---

(27) 引自萩原朔太郎《吠月》，小椿山译，北京联合出版公司，2021（后文中关于朔太郎诗作的引用如无批注，都引自此书）。

还没经过山科啊

松开充气枕头的金属扣

女人想静静休息一下

二人忽然挨近了悲伤

从车窗眺望拂晓的云

在不知何处的深山里

白色的猫爪花正在开放。

神保町的旧书店不单卖书，还会卖色纸。我读书的时候会买。当然买的不是真品，只是复制品。

最开始买的是三好达治的"春天的海岬，白鸥结束了旅程　越飘越远"然后还买了坂口安吾的"凡事都拼上性命"。接下来我就遇到了萩原朔太郎——两枚一组的色纸。

其中一枚是"我曾是虚无之鸦"。这个简直可以用在旗标上，色纸上画了一只极其简略的乌鸦。

还有一枚，就是《夜行火车》收尾的两行"在不知何处的深山里，白色的猫爪花正在开放"。据说萩原朔太郎生前极其偏爱这一段，所以经常会写在色纸上。

猫爪花一般会开花头下垂的紫色花朵。不过有时也会出现白色的猫爪花。诗中有"还没经过山科啊"一句，提到了固有地名，令现实感倍增。白色的猫爪花也很别致，会给人一种彼时彼景十分真实的感觉。

乘坐火车的旅行。天蒙蒙亮，猫爪花浮现在晨曦之中，转瞬便消失了。除了语言，再没有什么能够留住那一抹白。

提到猫爪花，我不由得想起静御前在鹤岗八幡宫思念源义经并翩然起舞时吟唱的："我纺着和我同名的布匹，反复绕着麻线球。就好似你呀，我的心爱之人，你曾反复地呼唤我的名字：阿静，阿静。倘若能回到那眷恋的往昔，又该有多好呢。"这里的"麻线球"就是猫爪花其名的来历。静御前用这种反复缠绕的麻线球，形容自己想回到过往的愿望。

诗人用诗歌，定格了那个"瞬间"。

诗中那"结了婚的女人"，就和并非紫色的猫爪花一样，作为恋爱对象——并不普通。正因这种关系无法开花结果，所以才会令"二人忽然挨近了悲伤"吧。夜晚结束，白昼悄然而至。

虽然感受完全不同，但就在前两天，我才和圆紫大师谈到过一个现代诗人称呼我为"结了婚的女人"。

这两件事，就这么微妙地，不可思议地关联到了一起。

说到萩原朔太郎的"萩"，也就是"胡枝子"，当年我们在新家落成时买过一盆大约三十厘米高的胡枝子。移栽到院子里之后，也不知道是正巧碰到水土合适，还是胡枝子这植物本就皮实，总之是越长越高。今年秋天，院子也依旧在胡枝子的勾勒点缀之下，显

171

出一派专属于这个季节的风雅。

红色和紫色的花朵随着风儿轻轻摇摆，这便是胡枝子之美。

今年三月，我又邮购了一盆混栽植物，里面正好就有猫爪花。小小的黑色简易塑料花盆的土壤里，混着猫爪花的幼苗。

我把它也栽进了院子里，按照说明书的说法，每年五月到七月是它的花期。不过等来等去猫爪花也没有开。所以我到底还是不知道自己养的究竟是紫色的品种，还是白色的品种。

萩原叶子在《朔太郎和猫爪花》中提到，在萩原朔太郎亡故那一年，到五月时，他的身体突然变得极度衰弱。于是他躺在床上吩咐道："把猫爪花种在我枕边吧。"

他枕畔的那片狭小的中庭里没有种花。在茶室前种着紫藤的架子上，藤花盛放，引得蜜蜂热闹飞舞。

"紫藤开花了哟。"

祖母说。那是父亲出于喜好亲手搭起来的紫藤架子。

父亲却摇摇头。

"我想看猫爪花。"

他轻声道。

"过两天就给你买。"

祖母说。

"我现在就想看到，请马上，把猫爪花种在我枕边吧。"

父亲说。

当我思忖着明天就出门去寻猫爪花，买回来给父亲看看的时候，他的意识陷入了混沌。

这世界上，有太多的无能为力。

我想起，萩原朔太郎是群马县前桥出身的诗人。那儿也正是我职场上的前辈，榊原出生成长的地方。据说，那儿有一条水流湍急的河。

而我至今都还未见过那条河。

11

公司的资料室里有好几本用来检索过去用词的参考书。

近代词典的出发点当数《大言海》，不过这本书确实太老了，里面没有"洛可可"这一词条。

在太宰活跃的时期出现的，应该是平凡社的《大辞典》吧。那是一套超过二十卷的大部头。我在昭和十一年第一次出版的一册之中找到了"洛可可"一项。在战后，昭和二十九年的增补版中，关于这个词的解释说明并无变化，也没有增补项。

洛可可：装饰美术的一种样式。流行于1723—1760年法国路易时代的装饰样式。这种连续性的、采用贝壳工艺的曲线、曲面装饰风格被广泛应用于建筑、工艺、服饰等场景之中。如今，它被视为一种奢靡的贵族趣味。

最后的"奢靡"，明显是带着贬义的。那么现代的词典会怎么解释这个词呢？我在编辑部找出一本我们日常会使用的，见坊豪纪主编的《三省堂国语词典第三版》，看到其中的词条是这样解释的：

洛可可：十八世纪中期的美术、建筑样式。特色是具有一定弧线的贝壳制边缘装饰。

同样是三省堂的，山田忠雄主编的《新明解国语词典 第五版》中的解释是：

洛可可：十八世纪中叶，流行于法国的一种室内及家具类的装饰样式。该风格也覆盖了当时的整个美术界。洛可可风格倾向于使用错综复杂的曲线花纹以及华丽的颜色。

这两本词典对洛可可的解释之中并不包含什么贬义词汇。

我又返回资料室，翻了翻那本古旧的博多成象堂《外来新语词典》。上面的解释是：

自十七世纪至十八世纪，流行于欧洲的一种建筑装饰样式。是一种落后于时代的样式。

落后于时代。

这本书出版于昭和初期。

对于洛可可的评价，就好似一个闭环。昨日的优雅，在今日变得落伍，但到了明日，却再度变得优雅。太宰创作《女生徒》的时间是昭和初期。那个时代对"洛可可"的印象，恐怕就是"落后于时代"的"奢靡的贵族趣味"吧。

不过，如今再看看《女生徒》里那本"词典"的解释——徒有华丽外表，内容空洞的装饰样式。也未免过于苛刻了。

正如圆紫大师说的那样，这个评价"不像是词典会用的表达"，它应该就是太宰治自己写的。

换句话说，这不就是——

为了反击敌人，于是自己先假扮成敌人吗？

12

新潮文库关于太宰的解说，大部分都是奥野健男写的。

解说，一般都只是提出自己的意见，没必要完全"准确"。不如说，有一些"不准确"，反而能凸显作品的深刻。不过，关于短篇集《蟋蟀》之中《水仙》一作的解说部分，却已经超出了"是否准确"的范畴，出现了过于明显的误读情况。

太宰从菊池宽的《忠直卿行状记》出发，在文中做了一番与菊池宽完全相反的诠释。这种颠覆前者诠释的写法并不算罕见。

然而解说中却有"虽和《忠直卿行状记》主题一样，都很残酷，但它表现的是善意及社会良知彻底毁掉了一个人的内容，那种可怕的感受给我留下了深刻的心理阴影，读过之后非常痛苦"这么一句话。

《水仙》并非"和《忠直卿行状记》一样"。颠覆，自然就要和它相反。既然是这种写法，那就不该是"善意"，而是"恶意彻底毁掉了天才的那种可怕感受"才对。奥野健男恐怕是跳着阅读，囫囵吞枣才会出现这种误判吧。这简直算得上是一个一眼就会被看穿的，单纯得不可思议的失误了。

看来，就连名家也"必有一失"。不过，一旦遇到一个太乖、太耿直的读者，说不定就会深信"解说"的正确性，这样一来，这读者恐怕也要误入迷雾之中了吧。

话虽如此，这种"误人"倒也算是弥足珍贵。奥野在同为新潮文库出版的短篇集《新哈姆雷特》中，如此评价《等待》：这部几乎可以被判定为超短篇的短小作品，却越读越能体味其中深意，真是直击灵魂的可怕杰作。

该解说写于昭和四十八年十二月。这本书则出版于昭和四十九年。虽不知之前的解说如何评价这个短篇，但是奥野的解说，称得上是指引此后众多读者的重要指示牌了。

《等待》是太宰治写于昭和十七年的作品。它的开篇是这样的：

我每天都会到省线上的那个小车站里接人。接和我素不相识的人。

我去市场上买了东西，回家途中一定顺路去趟车站。在站里那冰冷的长椅上坐下，将菜篮子摆在双膝之上，呆呆地望着检票口。

《等待》的主人公对他人以及整个世界都感到"讨厌得忍不了"。可是，她还是在等待。

她又期待，又恐惧，于是她不由得问自己"我究竟在等谁呢？"

等待某个人笑着向我搭话吗？啊呀，好可怕。哎哟，真为难哪。我等待的人不是你。那么，我究竟在等谁呢？丈夫？不是的。恋人？不是的。朋友？我不要那玩意儿。金钱？怎么可能。亡灵？哎呀，我害怕。

那是更加温和的，更加明亮且美妙的东西。但是，我也搞不清那究竟是什么。比如说，像春天一样？不，不对。青绿的嫩叶，五月，流过麦田的清水。不，都不对。哎，可我依然在等。我内心雀跃地在等。眼前不断有人来来往往，不是这个人，也不是那个人。我抱着买东西用的篮子，微微地哆嗦着，全心全意地等待着。请不要忘了我。请不要嘲笑我这个每天，每天都会去车站迎接，可最终总是徒劳而归的二十岁姑娘。请记得我。那个小小车站的名字，我有意不说出口。就算我不说，总有一天，你会见到我。

川上未映子在她的《世界曲奇》中"总有一天，你会见到我"一节里提到了《等待》，她说，这是她读到的第一部太宰治的作品。

战争期间，无数思辨交织在一起，像一声声叹息，像一段不得要领的告白，但又仿佛没有人存在于其中一般。这部短篇被那种不稳定的，同时又莫名阳光的情绪所支撑，我清晰地记得自己读完它之后心里暗想"我可能永远都不会忘了它吧"。这个故事讲了一个女人每天要去车站等待，仅此而已。可是，无论我再读多少遍，我都无法真正理解它。看着眼前的这些文字，我既为自己发现了一部别具一格的短篇感到高兴，同时内心又翻腾起一阵不安，仿佛听到耳畔有人静谧低语"一切都结束了"一般。还有一种莫名的恐惧，令我记忆犹新。

读太宰的小说会令人忍俊不禁，他的文笔也很温柔。要问我喜欢哪些作品，具体喜欢这些作品的哪部分，我也都能回答出自己的想法，并且实际上也已经回答过这类的问题了。但说实话，我似乎从来没有真正说到重点。结构、人物台词、幽默的文风、批判的眼光，还有所有人都会夸赞的，全文最后一句的点睛妙笔，或者是技术层面上的钦佩之情都是那么出色，但我心里清楚，这种感动那种钦佩完全不同。最开始阅读《等待》时感受到的那种"无法理解"的情绪，如今仍在我心中继续着。与此同时，我也隐约觉得：或许太宰治自己，也不知道自己究竟在写些什么吧？

真是精彩！"或许太宰治自己，也不知道自己究竟在写些什么吧？"当然了，说得没错。如果知道的话，被问到就能说出"正确的答案"。但在这种情况下，能说出来的就不应该是独一无二的"正确答案"。

关于《等待》的结尾，川上如此评价道：

正是因为没人知道那车站的名字，不知道它究竟在哪儿，我们才能无数次走出门去，却到达不了哪里。也正因如此，所以你才能不断重复着那句"总有一天"吧。我真的很喜欢这篇小说的那种开朗且悲伤的感觉。

其实，圆紫大师在同我提起《女生徒》最后的那一行"我们将永不再见"的时候，我脑中先是模糊地显现出来，随后渐次清晰的，就是太宰治的这篇《等待》。

总有一天，你会见到我。

多么美妙的表与里。所以，太宰治是在说同样的事啊。

"没有王子的灰姑娘"和"等待"相等价，这事实，就像是船夫仰望的北极星一样，无比清晰明亮。

13

说到水仙，我们家刚刚建好的那年冬天，院中几株遮挡用的高大夏椿旁边，盛开了一丛水仙。其中有的是小小的白色花朵，有的是略大一圈的黄色花朵，黄白的花儿点缀着寒冬之中围栏一畔的风景。

（明明没有种水仙呀。）

看到水仙花开，我高兴极了。

孩子说：

"是不是之前有谁种的呀？"

这个说法也很棒。或许是铺在院中的泥土里混了水仙的根块吧。

那么，太宰治的词典这样一颗种子，会开出什么样的花呢？

名垂出版史的著名词典一般都会被收藏起来，出版复刻。

可是，倘若是生活用品又如何？太过理所当然的东西自然就没有记录了。那些家家户户都有的东西，随着时代推移，逐渐就会被忘记。同样地，平时动不动就会翻看查阅的小词典，也不会再被保留下来，因为并不稀罕，所以会被轻而易举地扔掉。

那么三崎书房资料室里放着的那本昭和初期的《外来新语词典》，是否也是被挑选出来的？倒不如说，只是个偶然吧。某位公司的前辈在神保町的旧书店看到了它，想着"说不定能派上用场"于是就买下来了。仅此而已。

正宗[28]的名刀能被保留下来，但厨房的菜刀不会。可在那些"理所当然"被忘记的词典里，又是如

---

[28] 镰仓末期的刀匠。传为日本名刀庖丁正宗、日向正宗等的锻造者。正宗刀也用于泛指名刀。

何解释"洛可可"这个词的呢？

想调查这些，首选就是国会图书馆了。

（必须得去那儿查查。）

正当我琢磨这件事的时候，饭山告诉我：

"如果不存在著作权问题的话，这种书一般都会被放在网上的。"

也就是说，在电脑上就能看了。

我尝试了一下，被网络的便利程度震撼了。真不愧是高速发展的未来社会，竟然能在网上看到一些之前只能在国会图书馆查到的资料，真令我感动。与此同时，在我这样一个老派的人看来，网上的资料只是"信息"，看着这些信息，我又产生一种"只是在看书本这个老朋友的照片"一样的寂寞感受。

调查后我发现，昭和初期大部分小词典里都没有"洛可可"这一词条。

昭和二年文化出版社出版的《现代语新词典，有这本就够了》中"ro"这一栏，只到"碌碌"（rokuroku）指"无所事事，空虚无为的生活状态"就结束了。

昭和五年新井正三郎自治馆的《现代语新词典》去掉了之前名字里的"有这本就够了"，不过书还是一样的，应该是向文化出版社买了版权。

同样是昭和五年，东亚书院出版部的《现代新语词典》中，"外景拍摄"（location）词条后面跟的是"路上写真"（rojyoushashin）。

昭和六年，第一教育出版社的《现代新语词典 日常便览》里跟在"外景拍摄选址师"（location hunter）后面的是"俄罗斯人偶"。关于"外景拍摄选址师"的解释是：（英国）负责户外场景调查的工作人员（专门负责在摄影棚外寻找合适场景的专业人员）。读到这个词条我还挺吃惊的，没想到当年的词典里还会有关于这个词的解释。

同样在昭和六年，大日本雄辩会讲谈社的《现代新语词典》中，"火箭"（rocket）的词条结束后就直接跳到了"停工"（lockout）。

昭和十三年，大洋社出版部《现代常识新语词典》中，"外景拍摄"（location）词条后面跟的也是"路上写真"（rojyoushashin）。

除了小词典之外，内容量多达数卷的大辞典——富山房的《大日本国语词典》中，也没提到"洛可可"。

最终，我在昭和十一年新潮社出版的《现代新语小词典》里找到了洛可可。

洛可可：一种建筑装饰样式的名称，流行于十七、十八世纪的欧洲。主要的纹样有螺旋形纹、卷叶纹、蔓草纹等。

这段解释之中并不含贬义。

太宰治的词典

不过，我始终没能找到关键的那本词典，也就是太宰在执笔《女生徒》时摆在案头的《掌中新词典》。

根据国会图书馆的检索结果显示，东京这边没有相关的馆藏记录，倒是在关西的综合阅览室里收藏有比较接近《掌中新词典》的版本，据说是在大正十四年出版，由饭田菱歌所著。是大阪的藤谷崇文馆出版的。

可当我打电话联系到关西综合阅览室时，那边的负责人却搞不清这本书究竟收藏在了馆内的哪个地方了。

"……理论上，不该出现这种情况的啊……"

事出意外，对方似乎也非常疑惑。看来这本"梦幻词典"是带着点戏弄我的意思，在和我玩儿捉迷藏了。

事已至此，干脆直接去追踪太宰的藏书算了，这样或许更高效，还有可能直接确定他用的究竟是哪一本词典。

翻看《新潮日本文学相簿 太宰治》，我找到了一张名为"最后留在桌边的太宰爱读书目"的照片，照片里的书籍整齐地露着书脊。首先映入眼帘的是《聊斋志异りょうさいしい》（田中贡太郎译）。读到"りょうさいしい（ryousaishii）"这一行假名，我自动在脑内对应到了"良妻恣意"这四个字。

（我还真是个"恣意妄为"的人啊。）

我不由得如此想。

接下来，是《鸥外全集》《上田敏诗集》《鲁拜集》（堀井梁步译）、《末摘花》（复刻版）、《克莱芙王妃》（生岛辽一译）、《左千夫歌集合评》（斋藤茂吉、土屋文明编）、《莱蒙托夫》（奥泽文朗、西谷能雄译）。

他手边的书籍都留存下来了，其中一隅，就不能有一本《掌中新词典》吗？

我又试着在网上搜查资料，随后在日本近代文学馆的理事长致辞里读到"太宰治死后留下的原稿、藏书等，均由其夫人津岛美知子仔细保管，并于1987年"捐赠，还有后来追加捐赠的书目，这些书籍都被存在"太宰治文库"之中。

（去一趟文学馆，说不定就能见到"太宰治的词典"了。）

想到这儿，我有些心跳加速地致电文学馆，相关职员告诉我：

"从藏书目录看来，似乎不太确定有您问及的书目呢。"

随后，对方马上帮忙查阅了藏书，然后给我回电道：

"藏书中一本词典都没有。"

果然啊，厨房的菜刀是留不下来的。

14

我家的书架上，摆着三省堂的《妇人家庭百科词典》，最初出版于昭和十二年。

这套大厚书的总页数超一千六百页，它就像是一颗将当时的生活原原本本保存下来的"时间胶囊"，读起来非常有趣。当然，这不是原版的旧书，不然我说什么也没法买。首先，我就找不到地方摆放它。不过前阵子筑摩学艺文库出了两册一套的文库本，于是我就毫不犹豫地买了下来。

从内容上看，它与其说是"词典"，不如说是"事典"，里面甚至记载了公司借用证书的书写方法范例，以及糊拉门纸的方法。而在"爱丽丝奇异之旅"这一项，解释的是"爱丽丝梦游仙境"。

事典讲的是"事"，词典讲的是"词"。但在过去，似乎统一都是用"词典"这个名字的。

如果连"事典"也翻翻看，感觉就是无穷无尽的工作量了。

说起来，我手边明明就有事典，但我一直没翻开看过。这本书里对洛可可的解释如下：

洛可可：十八世纪初诞生于法国的一种装饰美术样式，主要应用于室内装饰之中。强调连续的曲线及曲面，具有无意义的、为了装饰而装饰的特色。

"具有无意义的、为了装饰而装饰的特色"这种解释的风格，倒是和太宰写下的"徒有华丽外表，内容空洞的装饰样式"比较接近。

可是，区别虽小，意义却大不相同。因为"内容空洞"这种说法一出，就能做到立刻回击一句"'美'这种东西怎么能有内容呢？"

想到这儿，我脑中突然灵光一现，翻开了《回忆太宰治》。

他从甲府我亡父的书架处，借走了纪行、地志、几本老的《科学知识》，三省堂出版的《日本百科大辞典》、茶道、谣曲等。目之所及，借了个遍。

太宰治读过三省堂的《日本百科大辞典》。那本词典是如何解释"洛可可"的呢？

如果你此时站在水道桥站的站台上，那么向旁边一看，就能看到一旁大楼上立着一块巨大的屋顶广告牌，上书一行大字"词典就选三省堂"。想看不见都难。那块牌子下头就是三省堂的编辑部了。这个地方距离三崎书房并不远，我却从没来过，还真是不可思议。

翌日，我给三省堂打了电话，对面的一位女性负责人说：

"我们有一套现在就能马上翻阅的版本，欢迎您随时光临敝社。"

真是太好了，倘若不是同行，我恐怕没法如此简单就跑去打扰三省堂吧。

我预约了四点钟拜访，步行前往。多亏那块巨大的牌子，想找到三省堂实在简单。估计没人会迷路吧。

负责接待的员工立刻将我领进了接待室。《日本百科大辞典》的开本很大，一本的重量需要双手才能抱住。共计十本。负责人是用推车运来的。这个内容量实在惊人。

"真壮观啊……"

我被震撼得词汇匮乏，只能吐出这么一句感叹。

《日本百科大辞典》第一本的出版时间是明治四十一年。到大正八年时才终于出完了全套。插图丰富，另有彩色插图版，漂亮得令人啧啧称叹。这简直是美术品，怎么看都看不腻呀。

津岛美知子的父亲自东京帝大理学部毕业后，曾连任中学校长一职。他的书斋之中就整齐摆放着这样一套词典。真是知识的宝库。

"做这样一套词典非常不容易，据说三省堂还曾为出版这套书破过产。"

"是吗……"

即便如此，三省堂的使命感还是激励着它出版了这套书。

当时的太宰治，大概就是一本一本地借走这些书，然后仿佛品尝珍馐一般，津津有味地翻动着它们的吧。

可是，当我翻到收录了"洛可可"词条的那一页时，我简直怀疑自己的眼睛。

——是有什么仇什么恨？

那段说明，令我不禁想要这么问。

洛可可：仿造树木叶片、动物甚至甲壳类动物形成的一种排列随意且不连贯的装饰风格。此类风格并无多少鉴赏的价值。同时，该词语也被用来形容那些厚重无趣，缺乏洒脱轻盈、纤细趣味之感的形态。该词语也指建筑上同类型的风格。

以上，就是该词条的全部解释。

下面，是"洛可可建筑"的词条，里面也有"装饰冗余，滥用繁杂柔弱曲线的建筑样式"等评价，以上就是关于"洛可可"的全部说明。这种说明的风格简直可以用残虐形容。

如果洛可可是我家孩子，我会生气的。

不过，试想一个孩子就生活在收有这样一套《日本百科大辞典》的家庭之中吧，在孩提时，无论是放晴还是多云，抑或是下雨天，翻开它，总会是开心愉快的吧。阅读这套书，也给我带来了如此怀旧的感受。

那位负责接待的员工也微笑着说：

"因为有这套书，所以常会有年轻人来我们公司看看呢。"

这就是书本的力量呀。

除了《日本百科大辞典》，我还看到了《妇人家庭百科词典》的原本。向负责人道谢之后，我便离开了三省堂编辑部。

话又说回来，《日本百科大辞典》对"洛可可"的解释未免太可怕了。说到现代的代表性国语词典，当数小学馆的《日本国语大辞典》了。顺带一提，在《日本国语大辞典》的第二版，对"洛可可"是这么解释的：

十八世纪以法国为中心，盛行于整个欧洲的一种美术样式。涵盖了建筑、装饰、工艺、陶艺、绘画等领域。这是一种流行于巴洛克之后，新古典主义之前的样式。该样式倾向于使用曲线，极富装饰性，这一点和巴洛克的特性相似。不过和风格厚重的巴洛克相比，洛可可的特征是更加优美、轻盈、洗练。

我心中对于"洛可可"的定义，就是这样的。

不同时代在定义上的变迁，真是可怕如斯啊。

15

谷丘光树老师写下的哲学原稿已经整理完毕。他这部文稿即便外行来读也会觉得十分有趣，同时也很有深度。接下来就只需要做一些微调。

作为一个简单的庆祝，我们打算共进晚餐。谷丘老师说有名的料理店让人很有负担，不过他知道有一家距离大学一站地，不贵又好吃的店。那可真是太棒了。

落座之后，老师微笑着对我说：

"这家店还是别人告诉我的。"

一个大工程收了尾，还介绍了很棒的小店，这种喜悦溢于言表，还没开吃，席间就笼罩在一片愉悦的气氛之中。

先倒一杯啤酒碰了个杯。小菜是一份鸡蛋豆腐。用略大的木勺挖着吃，豆腐之中还加了一些百合根，我尝了尝，心中思忖：

原来如此，光是鸡蛋豆腐感觉还是少了点。

今天的菜单整整齐齐排了一长串家常菜品，光是看菜单就很开心。

红豆寒天、杏鲍菇腌拌长葱、红薯无花果蘸核桃味噌等等。

其中还有这么一道菜：Romanesque海苔拌芥末酱油。

Romanesque，传奇的、空想的。这要怎么拌芥末酱油呢？

"请问这是什么啊？"

"花椰菜的一种吧。"

"是蔬菜？"

作为家中负责一日三餐的人，我为自己的无知感到有些羞愧。

"没错，现在挺流行的。前阵子打开电视就能看到关于它的宣传。一般都叫它'罗马花椰菜'。"

菜单上的确是写着"Romanesque"这个词的。想来也算是某种缘分吧。太宰治也写过一个同名的短篇，讲述了三个离奇古怪又反社会的男人的成长经历。撒谎成性的三郎在全篇的最后，说出了"我们是艺术家"这样一句话。

"那，前菜就选这个了……"

这道菜端上来后，我看了看它的样子。乍一看是花椰菜和普通西蓝花的拼盘，不过其中还掺杂着那个"Romanesque"，不，应该叫它"罗马花椰菜"。它看上去很像科幻小说里的食物，有种未来感。

"那我就开吃了。"

要说口感，这种蔬菜大概和它的好朋友们——花椰菜和西蓝花的软硬程度不相上下。

此时老师开口道：

"罗马式，也是一种美术样式呢。比如罗马式建筑。"

"欸？"我一惊，"我现在正巧在查找洛可可样式相关的资料呢。"

怎么会有如此巧的事。

"哦！"

"罗马样式和洛可可样式之间，是怎样的一种前后关系呢？"

"罗马样式要比洛可可样式早得多了。比较有代表性的就是一些石造的大型建筑。罗马式石雕一类的。"

原稿满分，料理满分，多么美好的一天。更开心的是，我还偶然间听到了关于罗马样式的解说。

我虽然做不到把太宰治有可能读过的书全都找来看，但这也给我指了一条新路——我至少可以去把昭和初期和美术有关的书翻阅一下。

话是这么说，不过我也顶多是回到家之后上网点开国会图书馆的主页，搜索了相关的图书而已。

玉川学园出版部出版的《儿童百科大辞典 美术篇（二）》中，将"洛可可"解释为"洛可可样式比较关注细节，极为重视作品的精美程度"。这是昭和九年出版的一本书，对洛可可的解释比较正向，令人高兴。

不过，明治四十五年兴文社出版的《西洋美术史》这本书中的一段话，吸引了我的目光。

它在讲解绘画时，说"十八世纪一般被认为是美术发展极为涣散的时代""美术艺术陷入了洛可可式的，工于纤巧的境地"，并评价道"洛可可徒有华丽和虚饰，毫无深意"，虽然洛可可式的绘画也算得上美丽，但它们"大多囿于陈规俗套的形式之中，内在极度贫瘠"。

这种评价，不正和《女生徒》里"洛可可"料理的那段内容十分相似吗？只不过，太宰治将"洛可可徒有华丽和虚饰，毫无深意"，改成了：

徒有华丽外表，内容空洞的装饰样式。

而已。

16

根据《回忆太宰治》的说法，太宰本人"虽然没什么藏书，但是一直都毫无顾忌地借用他人藏书"。

——明治四十五年出版的《西洋美术史》。

的确像是当时知识分子家庭中会有的一本书。会这么想也不奇怪吧？

虽不仅限于此，不过当时的论调可以说是将洛可可判定为只注重表面的一种肤浅样式了。而太宰治恐怕对这种论调感到忍无可忍了吧。当然，那论调，可以说是超越了美术领域的，扎向了自己的一支箭。

——轻盈，巧妙地写作，怎能被当作侮蔑的对象呢？

于是太宰便在《女生徒》中说：

"总而言之，我是做不出什么美味的。至少就让外形够美，蛊惑客人，把他们都糊弄过去好了。"随后文中又说"料理，最主要的就是'色'"。一般都能靠这个"色"字蒙混过关。然而，能做到这一点的，得是一个被选中的人，是"我"才行。

至少，需要我这个程度的细腻感触才行呢。

说罢，"我"又昂首挺胸道：

"美"这种东西怎么能有内容呢？纯粹的美从来都是无意义，无道德的。这一点毋庸置疑。所以，我喜欢洛可可。

无论这世间如何评价它，我都不在乎。

《女生徒》里"我"翻阅的词典，或许就是《掌中新词典》吧。至于太宰治是否读了兴文社的《西洋美术史》，其实并没有那么重要。

因为那本词典，就存在于太宰的心中。

17

查阅书籍的旅程越来越长，而这旅途的终点，就在一个出乎意料的地方等着我。

我果然还是对《掌中新词典》念念不忘，于是在网上搜索了一番，发现那本书虽然连国会图书馆都没有，却被收藏在群马县立图书馆里。

群马县立图书馆，就位于前桥。

那儿，也正是榊原前辈出生成长的地方。榊原前辈还讲过自己在前桥吃到的烤豆包。那是他童年时期吃过的点心，想必长大后很怀恋那个滋味吧。

再加上前桥这个地方，和萩原朔太郎也颇有因缘。太宰当年是在银座的书店读到了朔太郎的《夜行火车》。

光是得知"在前桥能找到《掌中新词典》"的消息，我就跃跃欲试想要摸到它。再加上种种的缘分，我决定：

去前桥看看。

就这么下定决心，也是理所当然了。

群马县立图书馆收藏的《掌中新词典》是由东京的至诚堂书店出版的。出版时间为大正十三年，由藤村作监修。

之前打听过大阪那边出版于大正十四年的一本《掌中新词典》，不过那本的作者是饭田菱歌，所以我估计它们只是同名，内容并不相同。

《掌中新词典》，看名字就知道是便携式的词典，但东部地区和西部地区对这个书名的理解可能各不相同。至于太宰拿的究竟是二者之中的哪一本，我想，东京出版的这本可能性应该更大些。

于是，进入十一月的一个周日清晨，伴侣问我：

"要去工作吗？"

我回答：

"诸如此类。"

真是一个带点落语气质的回答。随后，我脑子里仿佛回荡着落语的出场音乐一般，就那么踏出了家门。

之所以早早出门，是因为我打听的那家烤豆包店的店员告诉我：

"豆包一般到中午就卖光了。"

难得跑一趟，我不想留遗憾。

先到东京站，然后乘坐新干线就好，走法还是蛮简单的。到高崎大约是一小时的车程，然后换乘两毛线即可。

问过站员路线之后，我顺利走到站台边，正看到要乘坐的那辆车停在站里，仿佛正等着我。不过，说来我这个想法也挺任性的了。

几站之后，我抵达了新前桥。站在车门边，门却一直没开。还是站台上的工作人员发现门没打开，哎呀呀叹着伸手帮忙的，原来那个门可以手动打开。

说不定开门这件事本来应该由自己动手的。看来，地方不同，习惯也不同。

197

我最先想要拜访的是敷岛公园。据说那儿有朔太郎用作书斋的建筑，这建筑还是从萩原家移建过来的。而且，公园里还摆着朔太郎的诗碑。

我其实并没有欣赏文学碑的嗜好，不过这儿比较特别。我在初中时期读了家里摆着的那本现代教养文库出版的《朔太郎的诗》。记得那书封面上印的就是稳稳伫立松林之中的那座诗碑的照片。在我眼中，那就是一张海边的风景照，看着它，我的耳畔甚至回荡起了海潮声。

我出生成长在埼玉。那是一个没有海的地方。而朔太郎是群马出身，群马也没有海。想到这儿，我的心就被莫名牵动了。

海潮声，真是如梦似幻呀。

18

我的老家是位于埼玉东部的一座城市。

要去南边，一般就是去东京、神奈川，北边的话就是东北本线沿途各地。东西方向不怎么去。非要说的话，顶多就是中学远足的时候去过一次赤城山，总之，我和群马一向无缘。

"去敷岛公园的话要向这个方向走哦。"

新前桥站的站员把路线告诉了我。走出车站东口，眼前赫然冒出一个巨大的看板，上面写着"与诗人萩原朔太郎有缘的车站"。

下面还写了一段诗，是朔太郎的笔迹。

回到故乡的那天

火车在大风中突进。

我独自靠着车窗醒来的时候

汽笛正在黑暗中咆哮

火焰照亮平原。

暂时还看不见上州的山。

截取自他的诗作《归乡》。

不过，朔太郎明明写过一首题目就叫《新前桥站》的诗。我今天随身就拿着这本《朔太郎的诗》，所以马上就能翻阅。今天，我是带着父亲的书一起来的。

《新前桥站》是朔太郎的乡土望景诗中的一首。附带一张照片，那是一栋木造的站台，站台右侧是巴士车站，站前摆了一个邮筒，一片冷清。

真奇怪，按照一般的逻辑，怎么说这车站的牌子也应该引用《新前桥站》这首诗才对吧？谜团真是无处不在。

话说回来，只要读读那首诗，马上就能知道答案了。那首《新前桥站》开头的两句是"原野中建了新

199

的车站，厕所的门被风吹来吹去"。确实……没法用。

我在站前坐上一辆出租车，前往敷岛公园。透过车窗眺望，道旁一排排银杏树颜色很美。

"请问去敷岛公园的人多吗？"

我想做一个"朔太郎关心程度调查"，结果司机却回答：

"毕竟那边有体育公园和群马arena嘛。"

看来，比起文学爱好者，还是对体育运动感兴趣的人比较爱去那边。紧接着司机又补充道：

"还有蔷薇园呢……"

蔷薇的花期很长。不过所谓"舍华求实"，比起蔷薇，还是烤豆包更实在。但话又说回来，如果顺路就看得到，那稍微去瞧上一瞧也不错。

很快，眼前出现一架巨大的桥。

"这是……"

我问道。

"这是大渡桥。"

这里架起了长长的桥
直接连起了那个冷清的村子和前桥的镇子。

以上，是朔太郎的诗作《大渡桥》开篇的第一句。他在自作注释中写道："大渡桥位于前桥北部，利根川的上流。这座铁桥长约半英里。从前桥走过这座桥，就走进了群马郡的萧索村落。放眼望去，它一眼看不到尽头。大渡桥，是一座在冬日天空之下闪着光的，有着无限哀伤的桥。"朔太郎文字的魔力，在注解之中也能充分体会到。而现在，这座桥上已经是车来车往，非常热闹了。

我请司机将车停在敷岛公园前。

"我接下来会步行去烤豆包店，吃完饭后可以联系您来接吗？"

"您都到这儿了，比起还联系我，找附近的出租车上门更合适呢。您可以直接和店里人打听一下叫车电话。"

司机人很好。

大门上写着"敷岛公园蔷薇园"。一进门左侧就是松林。

——是印在《朔太郎的诗》封面上的松林。而现在，我离它是那么近。

那儿立着一个路牌，上面画着引路的箭头，还写着"萩原朔太郎纪念馆"几个字。在一片绿色的树林中，那个红色的箭头十分醒目。

这里的植物仿佛被《爱丽丝梦游仙境》中的园艺师打理过一般，低矮整齐。矮丛之中有一条和缓弯曲的小路。

虽说被称为"纪念馆"，但它并不是一个单独的大型建筑。它被分成数个，有朔太郎使用过的书斋以

201

及旁厅等等，都是从别处移建过来的。

他当时花费了三个月将味噌窖改成了书斋，窗帘则是请人从三越带来的特别定制商品。能做到这些，不愧是名门之后。透过窗户还能看到房内的样子。

屋里摆放着朔太郎设计的桌子和椅子。我感觉自己仿佛穿越了时间，潜入富有的萩原家窥看着一切。如果青年朔太郎察觉到了我的视线，会予以一个寂寞的微笑吗？

据说，当年朔太郎就是在这里演奏曼陀林，创作诗歌的。记录显示，他是在这间书斋中创作了《吠月》和《青猫》等作品。

我曾在神保町的旧书店买过由上毛新闻社出版，附带朗读CD的《吠月》，里面还收录了谷川俊太郎的讲解。我很想知道讲解的内容，所以就买了下来。谷川挑选了他最喜欢的四首诗《杀人事件》《天景》《蛙之死》《游泳者》做了讲解。而这四首都是正读初中的我非常沉迷的四首诗，所以当时我真的开心极了。

　　远空中响起手枪的声音。
　　再次响起手枪的声音。
　　啊，我的侦探穿着玻璃衣裳，
　　从恋人的窗扉潜入，

　　这就是《杀人事件》开头的诗句。

朔太郎的用词明明都是我平时也会用的日语，可他为什么就能用文字体现出那种特别的色彩呢？语言简直就像魔术一样，真是不可思议。

霜月上旬的早上，
侦探穿着玻璃衣裳，
拐过大街的十字路口。
十字路口那秋季的喷泉，
让孤身一人的侦探感到忧伤。

看啊，在遥远而寂静的大理石人行道上，
疑犯飞快地滑走了。

诗中提到了在追寻某个谜团的侦探。而我这个侦探，也在探索的尾声之中，来到了这里。

而且，虽说是新历，但现在不也正是一个"霜月上旬"的早上吗？

19

《天景》的节奏，还有《蛙之死》中那句"帽子之下有一张脸"等，都令人对朔太郎的语言难以忘怀。

还有《游泳者》这首诗，它教我认识到了书本有多么的深奥。

游泳者的身体歪向一边伸展着，
伸长了双臂，远离身体，
游泳者的心脏好似水母一样透明，
游泳者的双眸不断听到吊钟敲响，
游泳者的灵魂，仰望水上的一轮明月。

当年读初中的我，曾无数次出声朗诵这首诗。

太宰治的《Romanesque》之中，有一道名为
"在水中也不会被打湿的东西是什么？"的谜题，它
的答案是"影子"。

描摹出人形的是影子，那么描摹朔太郎形状的，
《游泳者》的影子、《游泳者》的语言，则是濡湿的。
那濡湿的感觉难以触碰，也无法形容。阅读这首诗的
时候，我仿佛沉浸在一片特殊的水域里。

当我翻开《吠月》的复刻本时，我更加震惊了。

《游泳者》印在左边的页面，包含标题在内，印
了四行。翻过一页，就看到了那最后的一行。

游泳者的灵魂，仰望水上的一轮明月。

左边那一页说着"稍等"，它将最后一行藏在了
背面。

《吠月》是朔太郎呕心沥血制作的诗集，还选用了田中恭吉的插画。所以会这样排版，绝非无意之举。

　　书斋中摆了一张朔太郎的照片，画面中，他系着蝴蝶结，正在演奏曼陀林。聆听音乐，观看电影的时长，都是由创作者决定的。

　　那么，书呢？花多长时间去品鉴，这得看读者。有些人的阅读速度非常快。可是，"演奏"作品的朔太郎，就好似手拿指挥棒的指挥家，他就那么将指挥棒一停，制止住了读者。原来，书本还能做到这一点。

　　当然，提供情报信息的那类书也有属于它的意义。而且，很多书本都是如此。然而，不单是五行诗的《游泳者》，《吠月》本身就存在着只有书籍这种形态才能真正表现出来的东西。

　　展开来讲，字体的大小，纸的质地、触感，这些也都可以包含在内。就像在音乐之中，要根据演奏转变风格色彩。

　　我想，这正是亲手捧起一本书的意义所在。

20

　　看过了旁厅和土窑之后，我便迈步向松林走去。没错，我之前认为是海边的地方，就是这里。

那本《朔太郎的诗》本来是父亲买的，我借来阅读。

它可是在我出生的时候买的，但封面上的风景至今没变。朔太郎的诗碑也还在老地方立着。上面有着和新前桥站看板上同样的字迹，是朔太郎的笔迹。话说回来，那个看板恐怕就是借用了碑文的字吧。

我产生一种回到了过去的感觉。上州有名的秋风吹来，松林声响起，好似潮水涌动的声音。今天真是个温暖又舒适的好日子。

一片广袤的蔷薇园在一侧延展开来。不过，本来这儿的主角也是蔷薇，而不是纪念馆吧。

眼前的景象令我产生一种踏进了中井英夫[29]世界的感觉，虽然很想再认真欣赏一会儿，但现在已经十一点了。在我的概念里，比起蔷薇，更重要的是烤豆包，实际上也正是如此。我从园中穿过，向着大门走去。

查看地图后我发现这家店直走就能到，不会迷路。走了大约一公里，我就看到了那家店巨大的看板。

我松了口气，迈步进去。

左手边是普通的面包摊，右边则在做着烤豆包，还有好几个客人在等着。

---

(29) 日本作家，有笔名"流蔷园园丁"。

（卖光了可就糟了。）

不过，倒也不必拿出"奔跑吧梅勒斯"的架势。透过玻璃橱柜，我能看到一些穿好串准备烤制的豆包。凑近一看，那些预制豆包就像面包胚一样。看来，我这梅勒斯是赶上了。

有两个身穿围裙，戴着口罩的工作人员并排站着，为串成长串的烤豆包涂抹酱汁，然后开始烤制。

还记得榊原前辈说过：

"必须得吃刚刚烤好的。"

不过，我看有不少客人都打包带走了，或许都是住附近的居民吧。

还有附带酱汁刷子的套装，看来也可以直接把生豆包买回去自己抹了酱汁在家里烤。店里写了"六十个烤豆包二千九百日元"，看样子是买来聚会用的。此外，还摆着一个放满了竹签的盒子，上面写着"请随意取用"几个字。

（这儿，就是如此一片土地呀。）

想来，虽然榊原前辈在三崎书房工作的时候住在东京，可他小时候一直是生活在前桥的，也常吃到这儿的烤豆包吧。

店内的墙上贴着一张纸，上面写着"二百一十日元（五个），有馅三百日元（四个）"，看来这个烤豆包还有两个版本，两种我都想尝尝。

（该怎么办呢？）

这豆包可不小，要我说的话，我可能会想点一颗"普通版"，一颗"有馅版"。但肯定不能这么点，如果一种口味点一份，那就是要了九颗大个儿豆包，肯定是堆成小山一样的量了。

我开始思忖，动些小心思。

如果先小小地咬一口"有馅版"的豆包，就应该能尝到"普通版"的口感了。然后，再连同馅料一起吃。这样两种口味不就都尝到了吗？

"请来份有馅的。"

人生，就是不断地选择呀。

我以为烤豆包会穿在竹签上端来，但是店里的人是把豆包从竹签上拿下来，摆在了小碟子里端上来的。

我找了个靠墙的桌子坐下，配着茶水一起，热乎乎地吃了起来。烤制好的豆包表面涂了添加白芝麻的甜味噌酱汁，温暖且香气四溢。我肚子也饿了，光是端详着这一碟豆包就食欲大增。

我拿起个头较大，顶端被削成叉子形状的竹签插起一颗豆包。甜味噌的味道，口感柔软。

刚刚只是稍稍逛了逛，这点儿运动量就说自己"累了"的话恐怕要被笑的。不过适度运动之后来一份这样的小食还是挺棒的。甜点心能让身体恢复精神。

虽然前桥是个当天就能往返的地方，不过到底也算是出游了，而且我有生以来第一次来这儿，能品尝当地的美食，还是非常开心的。

（我现在正在吃烤豆包，是专门来前桥吃的哦。）

我脑海中浮现出榊原前辈的脸。还有当时那个兀自努力着，但如今再看其实总是慌不择路的，我自己的脸。榊原前辈的口头禅是"这蠢货"。有时候，他会没有任何前后关联地，就像突然打了个喷嚏一样地冒出这句口头禅。

我坐在店里角落吃着烤豆包，想象着少年时代榊原前辈的样子，就像在看着自己的孩子一样。

突然，某种情绪涌上心头。

我吃着豆包，眼眶逐渐湿润起来。榊原前辈的声音莫名温柔地在耳畔回荡。

——这蠢货……

我饭量小，所以很像那种轻型自动车，很省油。吃了两个烤豆包后，我开始琢磨：

我应该还能再吃下去一颗。可是，就到此为止才算是真正品尝了美味，不是吗？

至少不可能在吃到第四颗的时候依然品尝得到同样美味的。说得夸张点：

那种品尝到美味的感动之情会变淡，如果出现这种情况，我会觉得很可惜。

其实我也是想到了这一点，所以早上出门时，我从冰箱里拿了一只保冷用的袋子，放进了包里。

（说不定能带回去给伴侣还有孩子尝尝呢。）

其实呀，我这个人一向准备周到。大学时候的朋友小正总说我这副样子：

——看上去好小气哟。

——说得没错，小正。知我莫若友呀。

榊原前辈说，烤豆包得趁热吃。他的这种想法之中，或许也掺杂着少年时代的乡愁吧。所以，在他心里，那是带不走的情愫呀。

的确，这种点心如果放凉了，口感应该会差很多。但如今家家户户都有微波炉了，硬邦邦的大福也能恢复柔软。如果只是尝尝，外带还是能实现的，不是吗？

原本的口味会逐渐变差，所以我这么做店家应该不太欢迎。作为顾客，理论上我应该买那种附带酱汁烤刷的套装才好。可谁让我这么小气呢？于是乎，我就像个同行间谍似的，小心翼翼地将剩下的两颗有馅烤豆包塞进了保冷袋子里。

我想，我的家人应该也能品尝到一半的柔软吧。

21

开往前桥文学馆的出租车拐进了河边的一条小道里。河上有一座造型优美的桥。

"……是广濑川吗？"

我明知故问道。

"是呀。"

朔太郎的诗里写到过：

广濑川白茫茫的河水奔涌，

岁月推移，一切幻想都将消失。

这儿，就是诗中的那条河。

车子停在文学馆前，我走下车，抬头一看，从二楼的窗户那儿能窥见为朔太郎的《猫町》绘制封面的川上澄生笔下的猫咪面庞。《朔太郎的诗》中不单收录了他的诗歌，还收录了超短篇《猫町》。看着眼前的景象，我不由得感受到一阵怀恋。

它好像在说：

哟，又见面了！

左手边这座桥的名字是"朔太郎桥"。我被吸引着向那边看去，目睹到一派风景壮丽的广濑川。这条河水流湍急，水量丰沛，河面一派生机勃勃。十一月还如此热闹，我不由得担心起台风季的情况如何了。

我穿了一件质地偏薄的外套。秋季款，黑色的底色，上面绘了些小小的白色水珠花纹。外套里搭的是一件淡蓝色的毛衣。可我眼底下的河水，却展现出了浓郁得多的蓝色。

水流搅起的波纹一层叠着一层，一浪追着一浪，不断变换着形态向前奔涌。令人不禁感受到了蓬勃向上的生命力。

在我们普通居住的城市里就奔涌着这样的河流。在日常生活之中就能看到它，这真是何等的奇迹。

我轻快地踩着脚下的短靴，不由自主地沿着河边的步道走了起来。

或许是为了调节水流的速度吧，一路上我看到了好几段水坝。河流声在靠近水坝时会猛然提高分贝。

轰然泼落下来的水幕，它的裙裾好似来自雪原一般纯白，飞溅着泡沫。河水每流过一段，都会有微妙的音色变化。每一截水坝前汇聚的那一大摊河水，就仿佛有人投进了大团的绿色颜料一般。水面浮着几只水鸟，它们委身于湍急的水流，待漂到堤坝附近，便又折返回来。简直是在刀尖起舞。

上州的群山蕴含着如此丰富的水源，又任由这源源不断的河水流淌下来。

我的脑海中突然冒出一句中国的古诗。虽然水流的规模相去甚远，但那种感怀是相通的。

不尽长江滚滚来

虽然我还想一直一直继续走下去，但情况确实不允许我如此任性。于是我返回了前桥文学馆，开始浏览起了朔太郎的展览。

展览中包含了许多朔太郎使用过的物件，甚至还有婴儿床。很久很久以前，诗人朔太郎就是躺在这样的一张床上哭闹的。

整个文学馆内始终轻声播放着朔太郎创作的曼陀林曲。

我逛了逛文学馆的文创店。里面贩卖着印有《夜行火车》中"猫爪花"那一节诗句的复制色纸。就是当年太宰在银座的书店读到并称赞"这首诗写得可真不错啊"的那个作品。

去见"太宰治的词典"前，我看到了称心之物。

朔太郎的色纸我是有的，可是难得来一趟文学馆，总想买点东西回去。正在这时，我突然注意到——店里还有我在敷岛公园和新前桥站见到的那首《归乡》原稿的复制款。

（就选这个吧。）

想到这儿，我眼望着它，突然注意到了一点。它的第一行是这样的：

回故乡的那天

我记得碑文上写的是"回到故乡的那天"。我这个"霜月上旬"的侦探当场翻开了《朔太郎的诗》。上面写的的确是"回到"。

（看来是在出版时做了修改！）

保留原稿，就会和朔太郎的想法不同。所以碑文特意把他手写的原稿里的"he"字去掉，从后面的手写字迹里找了一个"re"补了进去。

这就是珍重文字的人会做的事啊。书籍也是一样的，校正者会仔细检查每一个字，如此这般，一本书才得以问世。

22

从文学馆走到群马县立图书馆只需不到一公里，路线也非常简单。

虽然早就过了午饭时间，不过多亏刚刚吃过烤豆包，肚子不至于空得厉害。而且，我现在最期盼的是：

早点摸到《掌中新词典》。

在宽阔的大路上向前走，第二个十字路口处右拐。县立图书馆便映入眼帘。幸好对面还有家餐馆，一切搞定之后我准备去那儿吃顿迟到的午饭。

宽大气派的台阶，引领客人走入馆内。

图书馆一侧，贴了白色面砖的墙壁拐角处伫立着一棵十分醒目的大树，整棵树的树叶正处在变换色彩的时期。

那色彩混合着绿色、黄绿色以及黄色，仿佛打翻了调色盘一般美妙。我凝望着那一树的秋叶，不时有一片，又一片树叶飘落下来。我下意识走上前，弯腰去捡。当我的指尖碰触到落叶之时，又有一片叶子飞舞了下来。

我将捡拾起来的一抹秋色夹进随身携带的旅行指南中，踏上了图书馆的台阶。

此行要去拜访的是书库，要找的书也严禁带出馆外，我没法把它借走。不过为了防止白跑一趟，我已经事先做好准备，提前联系图书馆，和馆方交流过今天要找的是什么书了。

经前台的工作人员告知，我需要先上楼，商谈窗口就在楼上。

"您好，我之前给贵馆打过电话……"

我将此行的目的告诉窗口的工作人员。

"啊，我们已经恭候多时了。"

对方回答道，他们已经准备好了《掌中新词典》。真是出乎意料的简单。而且也正如其书名所示，这本词典非常小巧，单手就能轻松拿起。打个有点奇怪的比方，它就像那种放鱼糕的小木板。

"在工作中如果遇到必须购买一些资料的情况，会尽量选择文库本。他比较偏爱小尺寸、轻盈的书。"的确，这本词典很符合太宰治的习惯。想必他平时就会把这本词典摆在手边，必要的时候还会随身携带着

215

出门吧。

词典是胭脂红色的硬壳封面，一瞬我还以为它本来的装帧就是如此，但这其实是后来修补上去的。原本的封面散佚虽令人感到可惜，不过光是能把词典本身留存下来已经相当不易了。

"您可以在那边阅读。"

负责人指了指窗边的阅览席。我在离开之前，问了一个和此行并无关系的问题：

"那个……请问图书馆入口处的那棵大树，是什么树呢？"

"大树？"

"对，那棵树的树叶颜色非常漂亮。"

"哦……"

负责人和旁边另一位馆员异口同声地回答道：

"是辛夷。"

阅览席前是一扇巨大的窗户，阳光透过玻璃窗洒进室内，温柔且明亮。

《掌中新词典》的背面贴着一枚标签，上面写着"住谷文库 9253"。看来是统一捐赠的一批藏书中的一本，所以它才能被留存下来。如果是图书馆里的书，可能就会被清理淘汰掉了。这本词典上写着它最后一名持有者的住处，是"东部第十四部队"。原来是军队持有的词典。的确符合"掌中"的特质。

大正十三年九月二十八日印刷，十月一日发行。

同月二十五日就已经是第五次印刷了。真是畅销呀。
大正十三年，正是太宰治在青森中学读书的时候。不
知太宰是在中学时期就已经用惯了这本词典，还是后
来到了东京才拿到手的呢？

——那么……

我该去查找最重要的"洛可可"词条了。然而，
这本词典从"露见""露显"，直接跳到了"露骨"，
根本没有收录"洛可可"。我明白了：

对于当时的词典来说，没有这个词，是很普
遍的。

果然，太宰翻阅的词典，其实存在于他的心中。

23

负责接待我的那位馆员特意找到我的座位，递给
我一张字条。

"您找的这本词典，除了我们这边，还在名古
屋的鹤舞中央图书馆、大阪府立大学的图书馆中收
藏着。"

不愧是专业人士，这么快就查出来了。大阪那边
收藏的或许是关西版吧，不管怎么说，这本县立图书
馆的掌中词典不算孤品，它还有同伴。

虽然看不到当年太宰手中拿着的词典封面如何，

但说不定在日本的某个图书馆的书库深处，就静静地沉睡着一本保留完好的掌中词典。

而我这一场关于"太宰治的词典"的探索之旅，也在这群马县立图书馆中画上了句号。

《女生徒》结尾的那段话，又在我耳畔响起。

晚安。我是没有王子的灰姑娘。您知道我身在东京何处吗？我们将永不再见。

这便是作别的寄语。

昭和十九年，《津轻》的结尾是：

我绝未做任何虚构，也绝没有蒙骗读者。再会了，诸位！倘若一息尚存，我们来日再见！还望您勇敢前行，不要绝望。那么，就此别过吧。

昭和二十一年，《潘多拉之匣》的结尾是：

我什么都不知道，可是，我生长的方向，有阳光照耀。

永别了。

十二月九日

作家只有在虚构的形式之中，才最能表述自己。

而一旦表述，一旦打开这"话匣子"，就要大声惊呼着想要逃脱——这不就是太宰治其人吗？虽然此时强调太宰治是完成了自我坦白和自我肯定的《人间失格》之后，开始创作《再见》，实在有些牵强附会。但是，说出道别的话语再挥手作别，这不正足以证明太宰的真心吗？

　　开阔的窗户框住了一方秋景。透过窗户，看得到白色的面砖和树梢的枝叶。

　　人口的那棵辛夷，现在也正纷纷扬扬地撒落着叶片吧。随着日月推移，很快新年就到了。

　　我家的院子里，水仙将如约绽放，届时一定能再度欣赏到那白色和黄色的花朵。

　　再说猫爪花，它也是一种宿根植物。所以到了来年春天，我说不定就能知道自己究竟是抽中白花还是紫花了。

　　于是我想，那么就：

　　——静待春天来临吧。

白 色 的 清 晨

悦子哭了。

不，其实没什么事啦。我不是把安产御守放进那个包裹里了吗，一开始她笑呵呵地说"谢谢妈妈"，结果打开包裹一看，就发现给宝宝的东西上面放着那枚御守，然后呀，就眼眶湿润了。

"傻孩子，这有什么好哭的！"

我一边嘴里念着她，一边自己眼睛也湿了。

旁边的幸治满脸抱歉，不知该如何是好，真是怪莫名的是吧？哈哈。因为悦子不是那种爱哭的性格，所以见她哭了，幸治才吓了一跳的吧。

不过，他们看上去感情很好，这可比什么都强呢。两个人肩抵着肩，好像一对热恋的金丝雀。

欸？啊呀，也对，他们是彼此喜欢所以才在一起的，要是一年过去关系就变差了，那才让人头痛呢。

啊呀，茶水太烫了吗？不好意思。

不过，日子过得真快啊。总觉得那孩子还什么都不懂呢，结果就快当妈了。接下来或许也就更懂父母心了吧。

嗯，我们的父母当初也是那么想我们的吧。

这煎饼是幸治拿的土特产，据说是挺有名的特产呢。

太硬？毕竟他牙口好。那就掰碎了吃吧。

这个罐子应该还能有点别的用处吧，看着挺像样子的。

哎呀，还真挺硬的。不过说起来呀，我们那会儿和现在养孩子的方法区别可挺大呢。哎呀，不过我那会儿怎么做的来着，细节也都忘了。想想看，光是换尿布现在和之前也不一样了对吧？说什么"不能偷懒"啊，不是一码事啦。生活方式都不一样了。有更好、更合理的方式，就应该积极接纳不是吗？

话又说回来，你有啥立场说这话？

就这个一键烧水的水壶刚问世那会儿，你在电视上看到广告还气到不行。说什么"这种事儿也要偷懒，这不是完蛋了吗！"结果你现在还不是一脸从容，用得顺手？

好啦，我又没说不让你用。

你看你，动不动就发火，这臭脾气哟。

哎呀，走廊上好冷，明天应该也会降温的吧。

不过，以前想取暖主要都是用火盆呢，那会儿还真能忍得了一早一晚的冷哪。

说我像"老婆婆"？没办法啦，我本来也马上要当外婆了呀。

你不是也一样吗？等悦子当了妈，你也是正儿八经的外公喽，是老爷爷哦。怎么？真就是这样的嘛，童话里那种：老爷爷，老婆婆，很久很久以前，有一个地方……对吧。

所以，讲讲过去的事儿，至少还是可以的吧。

没错，在火盆里烧炭。等到实在冷得忍不了，才会用上被炉。哪天放学回家发现家里搬出了被炉，那可真高兴坏了。毕竟那会儿都还没有运动衫，穿的还是那种白色的单裤。

清晨得用冰凉的水洗脸，一直到读初中还在用井水呢。哎呀，真是怀念。得用手一上一下咔嚓咔嚓地压把手，才能把水泵上来呢。

然后一家子围在矮餐桌边吃早饭，早饭是纳豆和海苔。当时那桌子可不像现在这么高，是摆在榻榻米上的那种矮桌子。

说到矮桌，我想起一件事儿。我还是小孩子的时候，特别喜欢钻到那个矮桌下头。年纪大概是去念小学之前吧，在榻榻米上爬着，爬进那个矮桌下面躲起来。我至今还记得那种感觉呢，特别放松，安心。

然后哇，有一回我就趴在里头不能动了。

家里人问我"你在干吗呢？"我也没出声。大家

225

觉得我怪怪的，就把我从矮桌下头拉出来了，结果发现我烧得厉害。于是呢，我就在床上躺了四五天。一个孩子从小长到大，还是会经历很多事的呀。

欸，说到哪儿了？哦对了，说到清晨了是吧。

每天清晨，大家还在梦乡之中时，送牛奶的人就会拉着一箱牛奶挨家挨户地送起来，牛奶瓶叮叮当当地互相撞击，由远及近，然后再渐渐远去。

如今想来，那么沉的一箱牛奶，送牛奶的竟然能骑自行车运送呢。说来，那会儿送报纸和送牛奶还真都是高中生里比较常见的打工类型呢。大家打工不是为了玩儿，是为了攒钱交学费。

听到牛奶瓶的撞击声，我就迷迷糊糊地醒了，紧接着，就能闻到味噌汤的香气了。

记得还是我读高中的时候吧，家里的味噌袋子上写了"某个清晨，突然从悲伤的梦中醒来，原是嗅到了煮味噌的香气 啄木"这么一行字。比起写在教科书中，像这样随意一瞥之下看到的文字，反倒出人意料地留在了记忆中。

说到牛奶，我就想起了亲戚家的男孩子。是我姑姑的孩子，所以算我的表弟了。对对，你也认识的，就是他。

姑姑嫁去东京之后，每年暑假和过年的时候都会回栃木老家。每次回来都会带着我表弟。

那个男孩子比我小三四岁，我当他是自己亲弟弟，陪他玩耍，还经常带他去后山玩儿呢。毕竟东京那儿没什么山嘛，所以从东京回老家的小孩光是看到有山就已经非常高兴了。

你问"牛奶和那个小孩有什么关联性吗？"哦对，首先是瓶盖。你回忆回忆，以前的那种瓶装牛奶不是罩了一层纸制的瓶盖嘛。需要用附赠的小锥子，就是上头还写了某某牛奶的那个东西扎开，才能拿掉。

那个圆圆的盖子内侧有一层白白的东西，应该是牛奶里的脂肪吧。

然后呢，记得我那会儿还在读小学吧，我就告诉我那个表弟，这层白白的是奶油，可以用来擦手。

真的，我当然是认真的喽。而且我也没说错嘛。那会儿的小孩儿手上的皮肤都很糙的，所以我觉得我教他这个还挺有意义的。

然后我发现他真的按照我说的去做了，而且特别认真呢。搞得我都感动了。

其实我啊，这么说其实有点不合适，但我当时也是想到哪儿说到哪儿才告诉他的。没想到他那么认真地听了我的话。该怎么说呢？就是让当时幼小的我体会到了语言的力量吧。嗯。一定是那样的。

嗯，他很乖的，是个好孩子。

他没有姐妹，我也没弟弟，我们都觉得彼此的存

227

在蛮稀奇的。所以特别期待能见面。

到了夏天，他会穿个五分裤，举着一个巨大的捕虫网来找我。我现在都还记得那个网呢。现在的捕虫网不是那种白色的，很时髦的样子吗？当时的捕虫网可不是那样的，网眼很稀疏，我估计呀，那个可能是拿来网鱼的。他拿着捕虫网坐着电车来找我，我们就用那个网捕蜻蜓。

落语？我当面听他讲过。就是夏天，在后山听的。不是啦，不是在家里讲的。所以说不定我就是他的第一个观众呢。也不记得是多大年纪的事儿了，大概是他小学时候吧。对了，是他读小学二年级时候的事儿。

他拼尽全力地演，一个人演得热火朝天。

不过，如今再想还真是蛮奇怪的了。后山里，两个小孩举办迷你曲艺表演会什么的……

然后呢，日子过得很快，到了他读初中，我读高中的那年寒假。

就是相扑选手大鹏无限风光的时候。当时不是流行巨人、大鹏、煎蛋卷(30)嘛。你问我吗？我支持的相扑选手是栃之海。因为我是栃木的？跟那个没关系啦。

---

(30) 巨人指的是职业棒球队"读卖巨人军"，大鹏指相扑选手大鹏幸喜，煎蛋卷是20世纪五六十年代兴起的家庭料理。以上三种，被称为当时小孩子最喜欢的三样东西。

嗯嗯，粉末果汁也很流行。一包五日元的果汁颗粒。放到现在肯定没法喝了，大家的饮食都变奢侈啦。

当时方便面也刚上市呢。虽然包装上写了只需要热水泡三分钟，但真的照说明书写的泡三分钟，面饼还硬得很，所以得用小锅煮呢。方便面的味道可太惊人了，香得不得了啊。无论换了谁都想吃一口呢。对对，就是那个"小朋友你为什么浑身是泥地哭鼻子呀"的广告。

我感觉记忆逐渐清晰起来了。

那时候，每天清晨起床，换上摆在枕边的衣服，然后我就先跑去取牛奶。在厨房后门那边有一个黄色的，长得像鸟巢箱一样的牛奶箱。打开箱子，取走里头的两瓶牛奶。有时清晨会有雾。那白色的雾就像牛奶一样，细小的雾气在四周流淌。

报纸是送到玄关那边的，一般是爸爸去拿。他取回报纸之后就一屁股坐到矮桌边，和爷爷一人一半地换着读。两个人面前都摆着又大又厚的茶碗，里面倒着热乎乎的浓茶，还冒着热气。奶奶负责倒茶和准备早饭，菜品和味噌汤是妈妈来做。

大家都有自己要做的事。

在我们这一家人里，我那个表弟作为客人，总显得有点难以融入。嗯，他反正也是闲来无事。有时候读读书，有时候看看电视。我们家在乡下，屋子很宽敞，在哪儿待着都不嫌挤的。

我们家虽然是开五金杂货铺的，不过家里也有田，种的菜也够一家人吃。还盖了鸡棚。记得当时他就在家里和院子里到处溜达呢。

他呢，一般也就待个三四天就会回去了。就是在他回去那天的清晨发生了一件事。

大家当时聚在一起吃早饭，因为吃杂煮已经吃腻了，所以做的就是寻常饭菜。吃到一半，哥哥突然一脸疑惑地嘀咕了一句：

"好奇怪。"

按照我当时的叫法，应该是称呼他"兄长"才对。兄长生性认真，凡事喜好深思熟虑。所以看上去似乎真的被什么大问题困扰到了一样。

从厨房后门走出去，眼前就是庭中的柿子树。它旁边摆着一个小货车。如今回忆起来，那车子简直就像个玩具似的。当时家里只要有辆车都算很厉害的了，我们家是做生意的嘛，所以才有车呢。

父亲和大哥都会开车。听大哥说，那天那辆车就只有后视镜没有上霜。

那是辆白色的车子，清早走近它时，会发现车前脸的玻璃上结了一层比车身还白的霜。的确嘛，毕竟当时已经是冬天了。

我们家的院子还蛮宽敞的，车子面向太阳停着。

吃完早饭那会儿，透过玻璃拉门，能看到太阳从侧面很低很低的位置照射过来。四下仿佛被撒上一层不可思议的粉末一般，猛然间一片雪亮。

随后，面向阳光的车前脸玻璃上的霜就会一点点开始融化。但车子的后视镜不是背对着太阳的吗？可是大哥走过去一瞧，却发现那后视镜上的霜竟然率先融化干净了。

"真是不可思议哟。"

我当时穿着毛衣，一边呼呼地吹着热热的白萝卜味噌汤一边说道。碗里的热气十分壮观，简直像进了露天澡堂子一样。

兄长也想了半天，然后说："应该是朝日的阳光反射后正好照到后视镜了吧。"

可是，在得出这个猜测后的第二天他观察了一下，发现并没有什么反射。我也说了不知道，爸爸妈妈，还有爷爷奶奶也都不知道是怎么了。

这是为什么呢？大家都一肚子疑惑地就那么吃完了早饭。

把早饭的碗筷收拾好后可以稍微歇口气。我跑去了家里三叠大的那间阳光很好、很暖和的屋子里，于是，那孩子在门外呼唤我：

"阿千姐，我能进来吗？"

我不是叫千惠子嘛，在家大家都喊我阿千。所以

231　　　　　　　　　　　　　白色的清晨

那孩子也是从小就喊我阿千姐。

"可以呀。"

我回道。于是呢，他走进房间，坐在了窗边，然后透过窗子眺望窗外。他回老家也是穿的中学的校服，看衣服感觉在扮成熟，可他那肩膀还很稚嫩，是个小孩子呢。看着他的模样，感觉莫名地可爱。

过了一会儿，那孩子就用一副忍俊不禁，但又略带歉意的表情看向了我。

——啊呀，他知道了。

我当即意识到了这一点。"后视镜事件"的犯人就是我。不过，如果这件事被其他人知道了，尤其是被家里人知道的话，我会忍不住想逃跑的。可那时候，我却丝毫没有产生那种想法。所以我特别老实地问他："你看到了？"于是他回答："不是的，我只是想到了。"

"你靠想就能想到？"

"能的。因为没有其他可能性了呀。"

"为什么？"

"车子就在厨房后门。阿千姐每天不就在它边上拿牛奶吗？如果在每天，而且是每天清晨的话，光是特意跑过去就很不容易了。可是对于阿千姐来说，去那儿是你每天都会做的事，它已经进入你生活的节奏之中了，所以并不会觉得多费力吧。"

"瞧你自说自话的！什么生活节奏哇。"

"可是，让我说中了不是吗？"

"哼，那谁知道。"

"你在装傻哦。刚刚明明还在隐瞒。所以呀，反倒更加可以证明就是阿千姐干的了。"

于是，我又不由得重复了刚刚的问题。

"为什么？"

"因为你想隐瞒些什么呀。"

"什么意思啦！"

"每天都要抹掉后视镜上结的霜，你这么做的理由只有一个。"

"那你说啊，为什么？瞧你装模作样的，我看你能说出什么来。"

"因为在抹掉那层霜之前，上面写了东西呀。"

听到他这么说，我急忙扭头冲向了墙面，因为我害臊。

"想象力还怪丰富的，谁写的啦？"

于是，那孩子露出个坏心眼的表情，对我说：

"玻璃结霜和牛奶送到之间，每一天都会来的人，全世界只有一个，不是吗？"

我告诉他了，那玻璃上头可没写什么奇怪的话。

我把事情原原本本告诉他了：我和那个人在上学的电车里遇到后，听说他在打工配送牛奶。我就对那个人说我每天早上会去取牛奶瓶。然后聊到牛奶箱旁边停了辆车。于是不知何时起，就约好了"用手指在后视镜的霜花上写一个'早上好'"。

"阿千姐还在暖乎乎的被窝里睡大觉的时候，那个人已经呼着白色的气息开始工作喽。总感觉，有点儿狡猾哦。"

"不许说这么奇怪的话啦！我就只是正常在睡觉而已，哪里狡猾了。"

"就是会有那种感觉啦。"

"怪讨厌的。"

"但我就是会那么觉得啊，因为，阿千姐，因为我……"

说到这儿，那孩子露出一个甜中带酸的青涩微笑，补充道：

"因为我失恋了啊。"

就在那一瞬间，我的耳畔仿佛突然奏响了庄严的风琴。于是，我产生了一种莫名的感受，我感觉自己看清了自己未来的人生。我突然清楚地明白了，接下来我将会和谁一起共度余生。在那之前，我日复一日地擦拭着后视镜上的霜花，却始终读不懂自己的心，是他，点醒了我。

那孩子过了中午就走了。如今回忆起来，那应该是他最后一次跟着姑姑一块儿回枥木老家了。当然，他不再来其实和我并没什么关系，一定只是因为他成长了吧。

第二天清晨，我很早就醒了。我一直静悄悄地，静悄悄地等待着。然后，我听到了牛奶瓶很轻的撞击声。

　　是幻听吗？

　　明知是幻听，可我还是假装要去厕所然后从床上爬了起来。我围上围巾，披上外衣。这时，牛奶瓶撞击的声音真真切切地响起来了。我蹑手蹑脚，尽量不发出声音地走过走廊，悄悄推开了厨房后门。

　　当时的你戴着手套，正要关上牛奶箱。清晨的雾很浓，我们仿佛置身于童话世界一般。一切都沉浸在淡淡的暗色之中，却又是雪白的，雪白的暗色。

　　我伸出手，你也一样。我们两个人呀，就像提线木偶似的对彼此伸出了手。

　　我的指尖，和你戴着手套的指尖，轻轻触碰到了一起。

　　仅此而已。

　　虽然并非寒冷使然，可我感觉自己浑身都在颤抖，无法遏制地颤抖。

　　那时候的我们，也像一对鸟儿一样。

　　对吧。

一 年 后 的
《太 宰 治 的 词 典》

1　格蕾丝·凯利与《乞力马扎罗的雪》

吉行淳之介写过：有一次截稿日马上快到了，他脑子里却完全没有思路。不过，反正之前遇到这种事最终也想办法挺过去了，所以，这次应该也能挺过去吧。

在一个关于作曲家菅野佑悟的电视节目中有这么一幕：菅野佑悟曾为很多影像作品创作过伴奏音乐，也就是所谓的BGM。失去灵感，怎么都写不出曲子的时候，他便说：

"喝酒去吧。"

席间，节目组问他：

"您觉得最开心的时刻是？"

菅野回答：

"就是现在吧……现在最开心了，超级开心。"

回答这个问题时，菅野的表情，有一种仿佛在琥珀色的海洋里漂荡一般的恍惚感、浮游感。而他表现

　　　　　一年后的《太宰治的词典》

出这种状态，一定不单纯是酒精的缘故。我很懂他的感受。我年轻时倘若看到他这模样，一定会羡慕到心焦吧。

简单来说，菅野佑悟是身处创作者的圣域之中的。现在该怎么做，毫无头绪，但是无论多么难解的问题，过了一定期限都会解决，都会得出答案。他凭经验洞察了这一点。他洞察到自己能够跨越绝望的险境，满垒无人出局[31]。同时，他也享受着这种危机感。

而我作为一个很少会接工作委托的人，也会在极少数情况下产生"啊……我能写出来"的感觉。

至于创作者是不是先接受约稿委托，然后再进行思考，这取决于他们选择的创作类型。无论如何，单说"能不能做到"这一点，创作者其实是心中有数的。

此前的一个秋天（虽说是秋天，但其实天气还很炎热），某家杂志发来委托：

"请问您能以'咖啡和书籍'为主题，创作一篇小说吗？"

听到对方的需求后，我头脑中顿时冒出了一些情节。

于是我回答：

"可以的。"

---

(31) 棒球术语。

我大学时期曾是早稻田推理社团的成员。我们社团一般会在一家名叫"Mon Chéri"的咖啡馆聚会。这家咖啡馆的二楼就是著名的早稻田小剧场。那写着"编剧：别役实 主演：白石加代子 导演：铃木忠志"的告示牌充满怀恋的气息。对于我们来说，去大学，就等于跑去那里聚会。

后来成长为优秀编辑的斋藤嘉久和我是大学同学，他在哲学及短歌方面造诣颇深。我们毕业后不久，Mon Chéri曾关闭过一阵子，当时斋藤说：

"藤原写了首Mon Chéri之歌呢。"

歌人藤原龙一郎，是我们推理社团的后辈。

永别了青春！别说这样的傻话吧。

可是啊，这是一个失去了茶房"Mon Chéri"的，<ruby>我的恋人</ruby>寒冷日子啊。

藤原的第一部歌集《即便已过大梦之时》中，也收录了不少常被引用的作品。例如："啊啊夕阳，明日之丈的明日，若为遥远的昨日。"这简直是我们这一代的"绝唱"。古典语法之中，如果使用"若已成昨日"就属于确定条件了。虽然是"已经如何如何"，他却在这儿用了一个"如果是"，既用"若为昨日……"烘托出一种意犹未尽之感，亦有对时间的不舍与拉扯。

记得有一回大家聚在一起打麻将时，有人突然冲过来，在狭窄的过道上停住，大喝一声：

"力石（32）他！"

停顿一拍，继续道：

"死了。"

举座震惊：

"欸！"

大家都纷纷站起身。在那一瞬间，另一起让我感到头晕目眩的死亡中出现过的景象，此时此刻再度出现在眼前。它从我的脑海之中闪过，好似自动播放起了幻灯片。

"藤原的一首啊啊夕阳，足以代表他全部的作品。"

歌人小池光曾用好似手术刀般锐利的笔触，一笔点明。的确没错。

而在藤原创作的"啊啊夕阳"的引领下，"Mon Chéri"成为我们的"歌枕"（33）。对于京都人来说，那就像是他们绝不会去的，位于东边尽头的某个不知名的地方一样，因为逝去了，才得以捕捉永恒。

而当我听到"咖啡和书籍……"的那个瞬间时，在我头脑中苏醒过来的，是近半个世纪前我推开略有些沉重的"Mon Chéri"的大门的刹那，飘进我鼻腔

（32）此处指的应该是《明日之丈》里男主角矢吹丈的对手力石彻。
（33）自古以来出现在日本和歌中的名胜之地。

的香味。那个头发稀疏，戴着眼镜的店老板，对咖啡总是吹毛求疵。在那儿，我们时常会谈到书籍。

如今想来，我或许是想用其他的形式，去书写藤原在短歌中讲述的故事吧。

由咖啡联想到的小说是《乞力马扎罗的雪》。我在学生时代读过的那本新潮文库出版的《海明威短篇集》收录了这篇小说，它的开头和结尾都非常引人入胜。我把这种感受告诉了我的一个读艺术大学的朋友，后来拜访他的画室时，我发现他把书中的那些场景描绘在了画布上。真令人感到高兴。

有一次，我在电视上播放的海外电影栏目看到了这部作品改编的电影，发现电影中的主人公最后竟然获救了，就是说，变成了一个皆大欢喜的结局。我简直哭笑不得。好莱坞就拍出这种傻东西来了吗？真是令人目瞪口呆。

这部小说给我带来的深刻印象，化作了一位早逝的女性前辈的形象。一去不返的时间，无能为力的种种，都凝缩其中。

然后到了深秋时节，我在wowow网站上看到了一个名叫《格蕾丝·凯利王妃的一生》的节目。格蕾丝·凯利，无须多言，她就是那位著名女星，后来成为了摩纳哥公国的王妃。

我第一次见到她的模样是在读小学高年级的时候。当时家里刚买了一台电视，电视上分前后篇在

一年后的《太宰治的词典》

连续两周的周末播放了《正午》（High Noon）那部电影。其中那个眉目清秀的女主角就由格蕾丝·凯利饰演。

"不用去电影院也能看到电影了呢。"

犹记得自己当时还如此感慨文明的进步。

格蕾丝·凯利首次参演的彩色电影是《红尘》（Mogambo），导演是约翰·福特，和她演对手戏的是好莱坞王者克拉克·盖博。所以，格蕾丝非常积极地争取参演这部电影也是情有可原了。该片的故事舞台在非洲。

在《王妃的一生》中，克拉克·盖博对记者讲述了当时的一些回忆。

有一天，克拉克发现格蕾丝正独自哭泣，于是他询问原因。格蕾丝回答：

"我读了《乞力马扎罗的雪》。"

这部小说的背景和他们电影的舞台一样，都在非洲。格蕾丝觉得读一读可能会对她的表演有所帮助，所以就带来了片场。

小说的开篇，提到了一只攀登乞力马扎罗高峰，冻死在山顶附近的豹子尸体。读到这儿，格蕾丝的内心被深深打动，她猛然抬起头，正看到远处一头沿着海岸行走的狮子。

她终于无法控制内心的情绪，哭了起来。

"实在太美了。"

后来，格蕾丝因车祸丧命。

我刚写完以《乞力马扎罗的雪》为灵感，关于一位早逝女性的故事之后，马上就遇到了这一场景，真是令人惊讶。

像这种仿佛受到了某种指引的邂逅，经常会在写作的时候发生。

2 《信天翁》

我在2015年的春天出版了这本《太宰治的词典》。

里面提到了那句广为人知的"生而为人，我很抱歉"。它甚至被用在了点心的包装上。

——生而为人，没墨煎饼。

这可是真事儿。包装上还画着太宰治呢。一般人一定会认为这句话就是太宰治说的。但事实上它原本是一句诗，作者叫寺内寿太郎。关于这件事，已经由和太宰治相交甚笃的山岸外史写在了《太宰治其人》之中，出版了文库版。事到如今已无须再评。

然而，对于太宰的众多读者来说，研究者的常识，就像是被束之高阁而遥不可及的东西。不仅如此，从被吸纳融合这个意义上来说，"生而为人，我很抱歉"被认作是太宰治所说，倒也不见得是错了。

在读到了寺内这样一位表现者的悲哀之时，情况已经超越了"这句话本来是谁说的"这类小知识范畴。那么，该用什么样的形式去阐述才合适呢？

不去评论，那就用随笔？可是，我的内心中，自然而然地浮现出了一个能"读懂"这份哀伤的人。那也是我过去曾经塑造的小说角色。

正是她，为寺内寿太郎这位"表现者"建起了墓碑。而她的眼眸，也读取了各种各样的文字。

正如森鸥外所说，小说是一种贪婪的文学形态，它会摄取各种各样的表达方式。而当我们去讲述"书籍"，讲述"读书的人"时，最合适的形式就是小说。

故事中的主人公为了寻找太宰手边的一本词典，展开了探索之旅。根据太宰的妻子津岛美知子的说法，丈夫太宰使用的词典名叫《掌中新词典》。于是她在书本和网络之中不停探索，这番探索又落实到了现实的旅行之中。她造访了已经去世的前辈编辑的故乡——群马。眺望流经前桥市内的丰沛河水。随后，她来到县立图书馆，和一直追寻的那本词典见面了。

故事的创作者，往往会以各种方式将自己的经历投射到主人公身上。

我读高中时曾反复地阅读萩原朔太郎的作品。这位诗人生长于群马县，而我在前文中提到的朋友斋藤嘉久，也出生于群马。

就在前不久，斋藤先行一步，永远离开了我们。

我想，写作者的工作，就是将自己内心混沌杂乱的想法转为一种普遍性的东西，提供给读者们吧。

完成这本书之后的夏天，我在神保町的旧书店偶遇了太宰治的《信天翁》。那是昭和十七年由昭南书房出版的随笔集。当然，我见到的那本是复刻版。

关于太宰治的作品，出版得最齐全的大概是日本近代文学馆的《名著初版本复刻太宰治文学馆》了。这一本也属于那个系列中的一册。原本在书的版权页后头，应该附加一个复刻版版权页，写着"该页面（表·里）为本复刻版本新添加页面"的标注才对。

可是这本书却裁掉了那页纸，还小心翼翼地处理了相关痕迹。

如果是书商为了把它伪装成真正的最初版本，以期卖个好价钱，那可以说是毫无意义。这本书看上去太新了，一眼就认得出是复刻版。尤其是它版权页上的检印章都是打印的，根本糊弄不过去。更滑稽的是，那部分还贴了一张从近代文学馆版权页上剪下来的蜡纸（为防止印泥脏污书页，贴在检印纸上的纸张）。真是一通瞎忙活。因为强烈的违和感，层叠的伪装反而使它离最初版本越来越远了。

究竟为什么要热衷于这么做呢？

因为个人趣味？因为想让自己手中的这本书看上去像原书一样？希望如此吧。就算可能是出于什么邪念，神保町的旧书店主人也并不会被蒙混过去。因为这本书的价格很合理，只有数百日元。

我其实并没有多么想得到真正的最初版本。比起最初版本，我其实更喜欢能够轻松玩味当时的装帧和排版的复刻本。

太宰的作品也是一样。我年轻时买过一套书中单独的一本《晚年》，也在旧书店的书架上寻到过《富岳百景》和《东京八景》，就这么一点点地收集起来了。而如今，直接在网上统一购买或许更便宜些吧。不过，那么一来就没什么趣味了。再说了，一口气收到几十本书，也很难找到空间收纳。所以我还是更愿意一本一本地买书。虽然结果都差不多，但是，怎么说呢，总觉得这样做，会让"把家里搞得越来越拥挤"的罪恶感稀薄一点。

——好，好，今天的猎物，就是这本《信天翁》了。

我嘴里念叨着，就仿佛宫泽贤治笔下的捕鸟人一般。

回程的电车上，我迫不及待地翻看书本读了起来。读着读着，我读到了很有意思的部分。在本书接近尾声处，有一篇"作品自述"的文章，上面写着：

据说有的作家一天能轻轻松松写出三十张原稿。我一天能写五张就觉得自己了不起了。我不善描写，所以写得很痛苦。而且词汇量贫乏，下笔苦涩。手慢，真是作家之耻啊。写下一张原稿，得翻两三次《辞林》查词。因为我心中不安，生怕写错字。

这篇文章写于昭和十五年。《女生徒》创作于它的前一年。也就是说，

——这属于本人亲口做证，当时他使用的词典应该是《辞林》。

或许大家会这么想吧，可是毫无疑问，这猜测是错的。

三省堂的《辞林》出版于明治四十年。随后又升级为大正十四年出版的《广辞林》，然后是现在的《大辞林》……它是战前颇具代表性的国语辞典之一。

以防万一，我还跑去了创作《太宰治的词典》一书时就给过我很多帮助的三省堂编辑部，请他们拿出了《辞林》原书。太宰治喜欢轻巧的小书，可这本书根本不轻巧，它是一本相当厚重的大辞典。

当时太宰使用的词典，应该还是如同陪在身边的津岛美知子所说，是轻巧的《掌中新词典》才对吧。

只不过，写成：

写下一张原稿，得翻两三次《掌中新词典》查词。

感觉不怎么潇洒。

简单来说，文中所谓的"辞林"，就和当下的

一年后的《太宰治的词典》

《广辞苑》一样，属于"词典的代名词"。容我补充一句闲话：昭和十五年那会儿，还不存在《广辞苑》。

对于我来说，这件事也是属于书写文字的时候发生的一场有趣邂逅了。太宰治就那样"嘿呀！"一声，令眼前的那本《掌中新词典》摇身一变，成了《辞林》。实在是颇有此人风采的一出"忍术"。

话又说回来，这件事，我是否有必要补充到《太宰治的词典》一书中呢？

如果书中的主人公"我"，也和我一样漫步神保町，她或许也会经历和我相同的事吧。她也会和我买同一本书，会对《信天翁》那略带顽皮的双翅一振流露微笑吧。不过，那也都是后来的事了，再怎么说，这件事和勘误毕竟有所不同。

倘若是评论文章，那就必须确保没有遗漏。一旦发现漏洞，就必须补上才行。最重要的是，至少得提前先把太宰的随笔集都通读过后才能动笔。不过倘若是故事的创作，核心就不在此处了。

我作为一名作者，阅读了太宰的《女生徒》，所以我能够写出这个故事。另一边，作为主人公的"我"，在作品里初次翻开了《女生徒》这本书。她以全新的视角追寻着故事的走向。

《女生徒》的世界，就在那本书中结束了。她那本书结束之时尚未接触到《信天翁》，仅此而已。

3 《书痴半代记》

正如我在书中写到的，那本《掌中新词典》由群马县立图书馆收藏，而我也实际摸到过它的本体。

太宰治在他的《关于服装》一文中写道："我特别讨厌行走时拿着行李""不仅限于旅行时，我在整个人生之中都讨厌这样"。

拎着一大堆东西走在外头，实在令人忧郁心烦。行李这东西，终归是越少越好的。

而那本《掌中新词典》正符合太宰治的习惯，是一本清爽便携的小词典。

不过，它实际上真的能被随身带着，长期使用吗？群马县立图书馆那一本的封面已经散佚，是后人补修的，现在用了胭脂红色的硬壳代替了原封。

太宰治使用的那一本，想必也会变旧变破吧。他摆在手边的那些书，都在死后捐给了日本近代文学馆。可是捐赠的书目里并没有词典。如果是因为破得不成样子的话——倒也能够理解了。

不过，封面可是一本书的"脸面"。倘若是留在历史长河之中的词典，终归能从照片中窥见它们的容貌。然而像《掌中新词典》这种优先实用价值的词典，却很难做到这一点。所以，我总有一种好容易见到本尊，可对方却遮住了脸的"可惜"之感。

说到这本词典，它在名古屋的鹤舞中央图书馆也藏有一本。我打电话联系了图书馆。不过，那边收藏的《掌中新词典》也是修补过的。

我对我的编辑老师说：

"真想看看这本词典的封面呀。"

秋去冬来，有一天编辑老师在电话里告诉我：

"找到《掌中新词典》啦。"

"欸！"

我对着电话发出一声惊呼。

"Craft Ebbing商会的吉田笃弘先生收藏了一本。"

Craft Ebbing商会是由吉田笃弘和吉田浩美在进行设计工作时的组合名称。关于那本书，据说青木玉女士的评价是"相当完好"。吉田笃弘先生的小说及随笔非常精妙，大放异彩。他所做的众多工作，都给人一种走过一条陌生的小巷时，眼前突然出现一家意想不到的店铺，随后，熟悉又美妙的音乐流淌出来，仿佛真实存在一般。

"为什么突然找到了？"

从去年秋季开始，这本书我追寻了好几个月，却始终难以得到。所以如今听说竟然有人拥有这本书，这真是令我感到不可思议。简直有种"不存在的书竟然出现了"的感觉。

"据说，堀口大学曾赞誉过这本《掌中新词典》呢。"

"是吗！"

一个伟大的名字，和一本小小的词典，就这么出现了交集。

"吉田笃弘先生读到了这番赞誉，于是产生了兴趣，才在网络上找到的。"

"哦！"

"于是呢，他就买到了这本词典。"

我顿时感到有些泄气。我虽然不在网上买东西，但是我还是会使用网络搜索的。创作《太宰治的词典》时，我自然是在检索栏无数次地输入了那本词典的名字检索。但，可能是我的找法不得要领吧，当然，也有可能是时机不对。总之当时没有什么收获。

"什么时候的事呢？"

"好像是五月。"

"那本词典有封面吗？"

"听说是有的。"

看来，是拥有本来面目的一本《掌中新词典》了。

"啊……"

我不由得发出一声惋惜的低呼。于是对方又说：

"好像是可以拿给我们看看的，您愿意吗？"

"请务必让我看看！"

我当然想看了，不过，与此同时我还注意到一点。

"——堀口大学是在哪篇文章里，怎么夸赞这本词典的呢？"

"不太清楚，但好像是收录在岩佐东一郎的《书痴半代记》里。"

"《书痴半代记》……"

我有印象。

"Wedge 文库出版的。"

我猛然想起来：

"那本书我家有的，我还读过呢。"

这么形容或许有点奇怪，但我产生了一种在推理过程中意外遭遇犯人的感觉。编辑老师回答：

"是吗？我也感觉好像之前听北村老师提到过呢。"

"哎呀，说实话，我岂止是读过……我甚至给那本书写过书评……推荐过……"

那还是好几年前的事了。我在淡交社的《平和》上连载书评。关于这本书的书评也登在了那本杂志上。

挂断电话后，我第一时间从书架深处抽出了那本《书痴半代记》。果然，在那本书的"词典·事典"一章的开头部分，写着这么一段话：

我最近常置于案头的爱用词典，是藤村作监修的《掌中新词典》，因为是一本昭和二年出版的词典，所以它的封面已经被翻得脏污不堪了。今年我买了岩波版《国语词典》，所以暂时闲置了《掌中新词典》。不过，考虑到它长久以来的丰功伟绩，直接把它收起来似乎有些可惜了。至少还是得把翻得快碎裂的封面修补起来，用蜡纸包好。

其实，这词典本是在当时住在小石川久世山一带的堀口大学老师的推荐下才买的。前一阵子，我和青柳瑞穗、大町糺拜访堀口大学老师的宅邸时，顺口提到了这本词典。于是老师回答"嗯，那本词典非常好用。我家的这本封面也被我翻烂了，我给它修补好了，就放在那儿呢。"我一看桌面上，果然摆着老师爱用的《掌中新词典》，而且重新装订成了皮革封面。

考虑到太宰的个人偏好，我的关注点一直都在轻巧便利这一层面上。不过，在堀口大学的认证下，我明白它的内在也非常优秀。说来也对，光是轻便，当然还不足以成为太宰爱用的词典吧。

想到这儿，我打心底里对《掌中新词典》产生一种亲昵之情。读到这种文章，我会有种朋友受到了夸奖的感觉。

不同时候读书，对一本书的关注点就会不同。完成了《太宰治的词典》的探索之后再读《书痴半代记》，会忍不住"啊"地惊呼出声。

不过，顺序反了。读到这一页时，谁会知道后面还有关于《掌中新词典》的事情呢？

或许就只会想道：

——欸呵呵，没想到还有那种词典呢！？

其他的就随风而逝了吧。

在我写的那篇《书痴半代记》书评里，也出现了堀口大学。我引用了以下这么一段。当时，在关东大地震刚刚结束后，堀口大学住大森望翠楼旅馆。他跑去草坪避难，还和来找他的佐藤春夫、日夏耿之介一块儿喝了啤酒。

我在一旁看到他们抓了把什么吃的，于是就问"老师，那是什么啊？"对方回答"哦，这是盐渍木天蓼，很好吃哦。"我吃了一惊。木天蓼不是只有猫能吃吗？重新审视三位老师，正在这时，一片月光洒在他们脸上，那一瞬间，他们的脸似乎突然变成了猫的脸。

真是在有着出色灯光的戏剧舞台上，由名演员演绎的名场面啊。

4 《掌中新词典》

过了一阵子后，我终于得到了和吉田笃弘、吉田浩美两位老师见面的机会。

吉田老师那边的中间人和我这边的中间人，各自带着我们来到了神乐坂的一家店内。这感觉真的很像"相亲"。

我之前曾在自己的一本名叫《我的独一册 北村薰的文选教室》的书中，介绍过 Craft Ebbing 商会的《安娜·托伦特的包》。其中那个"为渴望独处的蜜蜂建造的家"的故事，深深打动了我。于是，我便无论如何都想在自己的书中提到这部作品。

"非常感谢二位，同意我引用了《安娜·托伦特的包》。"

我再度致谢。

两位老师的气质都和他们制作的书籍一般，浑身萦绕着温柔的光芒。

吉田笃弘先生说：

"我读了《书痴半代记》，知道那是堀口大学爱用的词典，于是就在网上找到了它。"

竟然会这样做，真不愧是吉田先生。如果是小说或者随笔的话，我想我可能也会去找。但倘若不是此次这样比较特别的情况，那我应该是不会积极搜寻一本词典的。

吉田先生的心好似一只手，能够当场行动起来。那手抓起一把透明的匕首，插入时间的河流之中，尝试着捞出那本《掌中新词典》。

那也是吉田先生才有的，心动的表现。毕竟他可是一发现位于东京市下谷区下车坂町十一番地的"电气旅馆"的宣传册，就立马兴冲冲买下来的人啊。如同当今仍留存于世的浅草神谷酒吧名物白兰地——电气白兰地一样，在过去，"电气"这个词本身，就闪耀着一种"最新奇，最尖端"的光彩。即便是同一个词汇，在当下和过去，也已经不是相同的意思了。从中生发而出的那种微妙的怀旧之感，令人产生了一种不可思议的，仿佛被叉子戳中内心的感受。

——那么，说到这儿，吉田先生拿出了《掌中新词典》。真是紧张的一刻。

这本词典的封面已经变色，也正是老物件才会产生这种变色。左上角装饰框内写着书名，上面绘着张开羽翼的，天使的面孔。

——太宰治，堀口大学，每当他们拿起这本词典，都会凝望这张天使的脸啊。

我不由得如此想着，一边抚摸着封面，一边开口道：

"历尽岁月磨砺，颜色已经变深了许多。以前说不定是更亮一些的颜色。"

这时，一旁的编辑老师开口道：

"是焦糖色吗？"

我内心不由得嘀咕了一句：

"焦糖？是说驼色吗？"

看来我们之间有代沟啊。

岩佐东一郎说是"翻得快碎裂的封面"，堀口大学说"封面也被我翻烂了",也就是说这本词典是很容易出现破损的。虽然我们现在看到的这本词典已经是保存得相当好的版本,但是书的封面封底也还是略有剥脱,贴着透明胶带。

这样一本在时间长河中近乎绝迹的书,在二十一世纪的当下能看到它原本的模样,这本身就足以让人感动。

其实,出版于大正末年的《掌中新词典》分为两种。一种是大阪藤谷崇文馆出版,饭田菱歌著的词典,一种是东京至诚堂书店出版的,藤村作监修的词典。我在群马县立图书馆看到的就是后者。

据我个人的推断,太宰治当时拥有的那本,由东京这边出版的可能性更大一些。这次通过"堀口大学的词典"和"岩佐东一郎的词典",又能进一步确定了。可以认为,东京的文人常用的词典,一般都是至诚堂的版本。

翻看了一下版权页,这本词典是大正十三年十月十五日出版的第三版。群马县立图书馆的那本,是同年同月,二十五日出版的第五版。岩佐东一郎手中的,是昭和二年的那一版。

这三本词典中,我此刻手中拿着的,是最年长的"哥哥"。

书页靠上的空白处印着一枚印章,应该是它的持有者印的吧。经年累月,那印章已经模糊,认不出是什么了。勉强只能辨认出上边的那个字是"真",还是旧体的真。看来,是一个名字里有"真"这个字的人,拥有了这本词典。

我把自己在一年前的秋末开始创作《太宰治的词典》一事告诉了老师们。

"在写完这本书前,我其实在网上查过《掌中新词典》好几次了,原想着因为是旧书,所以查不到什么信息。如今再看,当初没有轻松得到,也是件幸事。那样一来,无论是我,还是我书中的那个'我',就都不会跑去群马了。就相当于提早拿到特急车的车票,然后快速抵达了终点吧。这样一来,故事也就无法以现在这样的方式结束了。"

"原来如此……"

"在图书已经完成出版,一切宣告终结之际……"

我抚摸着那古旧的皮革封面,感慨道:

"以这样的方式遇到它,简直像是上天给我的奖励一样。"

于是,吉田先生也点点头道:

"如果您愿意的话,就送给您吧。"

"欸!"

我不由得惊呼。吉田先生则继续道:

"因为,相比我们,北村老师更适合拥有它啊。"

吉田笃弘老师说罢,一旁坐着的吉田浩美老师也露出了一个微笑。

我明白这时候应该礼貌谦让，可我的内心实在渴望不已。

"实在是，感激不尽。"

最终，我还是坦率地道谢了。

没过多久，我获得了一个去群马做一次谈话的机会。起因也是一年前为《太宰治的词典》跑去前桥取过材。此次也是由之前承蒙关照的群马县立图书馆牵头，请我过去聊聊。

我把从吉田老师那儿得到的词典照片打印出来，作为资料发给了参会者，讲述了这个超越了书页边界的故事。

《掌中新词典》，正如其名字所示，非常袖珍。从观众席看过来，只能看到一个深茶色长方形的小物件。我虽然知道这一点，但依然在讲台上将它举高，展示给观众：

"就是这样一本词典。"

无须多言，作品中的"我"找到的那本《太宰治的词典》，并不是《掌中新词典》，而是存在于他心中的词典。可是，倘若没有这本书，我也不会经历如此一段旅程了。

虽然当天不巧飘起了小雨，但第二天，我收到了一封致谢的信，开头第一句便是：今日晴空万里，就连较往年早一些被白雪装点着的浅间山，也是那般清晰可见。

真想亲眼看看啊。透过那行文字，我仿佛看到了赤城、榛名、妙义这上毛三山，和更远处的浅间山了。

两部
《现代日本小说大系》

1

《六之宫公主》这本书中，描绘了“我”和小正一起在曾原湖畔的小旅馆留宿的情节。当时里磐梯的风，还有那阳光，都令人无比怀恋。

“我”从那小旅馆走廊的书架上，拿走了“河出书房《现代日本小说大系》中的一册”。

“第三十三卷《新现实主义一》，收录的是芥川龙之介与菊池宽的作品。”解说是川端康成。围绕着这本书，小正和“我”展开了一番“辩论”。

说起来，最近——说是最近，其实是在平成二十九年（2017年）五月。有人告诉我：

——网络上有一个把《六之宫公主》读得非常透彻的人写了篇文章。

那是一位运营名为“簧门客”的博客（我对网络媒体不太了解，不知道是按原名书写，还是应该再加敬称后缀，如有失礼之处，还请原谅）的朋友。通过他的文章，我能感受到他文笔的绵密细致，以及他对阅读呈现出的爱意。

虽是满心的感激，但文中提到：此处登场人物读到的"川端康成的解说"收录于川西政明编纂的《川端康成随笔集》（岩波文库 2013），"我在其中的'初出一览'里发现，它应该是在《现代日本小说大系》31卷（河出书房刊 1949 年 10 月 10 日）里，原题名《解说》。《六之宫公主》把卷数弄错了"。

我慌忙跑去书架查看。"我"手中的书，也就是我手中的书了。我自然有实物。当然，我书架上的这本不是从里磐梯的旅馆偷来的。我家这本是从神保町的（可能是）一诚堂前面那个摆书的台面上拿走买下的。在过去，这不算是很稀罕的书。

看过之后，我大松了一口气。确实是"三十三卷"，我没搞错。

且不提我自己，负责这本书的编辑，可是东京创元社的伊藤诗穗子女士。过去，我曾在自己的《我的独一册 北村薰的文选教室》中，谈到伊藤女士在将莫里斯·勒维尔（Maurice Level）短篇集文库化时的一些工作面貌。那本书的原书名为《夜鸟》。直接按照这个名字出版，绝无问题。

可是，伊藤女士却突然问道：

"这个夜鸟，究竟应该读作 yodori，还是 yachou？"

到处都没找到读音。于是伊藤女士就仿佛乘上了时光机一样，开始了研究调查。在她的一番努力之下，创元推理文库版的《夜鸟》有了读音。

《夜鸟》（Yodori）

总而言之，伊藤女士是一位事无巨细的编辑。就算我不小心漏查了什么，应该也不会逃过她的法眼。

于是我便猜想：

——这估计是岩波文库那边的搞错了吧。

想到这儿，我不由得露出一个满意的微笑。

毕竟我手里可是拿着实物的。那"三十三卷"，是《现代日本小说大系》的第三次配书，于昭和二十九年八月五日初版印刷，十日初版发行。

——不过，以防万一，我游刃有余地翻开了《川端康成详细年谱》小谷野敦·深泽晴美编（勉诚出版）。

上面写着：

——一九四九年十月十日《解说（芥川龙之介和菊池宽）》收录于《现代日本小说大系》

这不是和岩波写的一样吗？

2

二对一，形势于我不利啊。

我拿着手中那本"问题书籍"，陷入茫然。

……说起来，之前我在神保町好像看见过和这套"大系"内容相同，但装帧不同的版本。

这时就要请出我的强大伙伴，临市的埼玉县立图书馆了——一番检索后，关于"大系"本身的检索结果就有很多，不仅如此，甚至还出现了：

《现代日本小说大系》（河出书房版）解说集成全三卷

由Yumani书房出版。看到它我便心里有数了。我一下就明白为什么会出现那么明显的分歧了。

这套"大系"自昭和二十四年起至二十七年全部出版完毕之后，立刻改变了装帧重新发行。因为用的同一版，所以内容是一样的。

可是，原本的"大系"，最开始那五卷是这样的：

现实主义
序卷
现实主义时代
第一卷　第二卷　第三卷　补充卷

可是，我手里那本"大系"的卷末目录写的是：

现实主义
第一卷　第二卷　第三卷　第四卷　第五卷

当然，我手里这本的写法比较好懂些。它把序卷写作第一卷，补充卷算作第五卷。之所以被搞混，问题就出现在这儿。因为表示上的不同，后头的卷数便都后错了两卷。

我在《六之宫公主》文库版第123页[34]上写道：

第五卷选的文章尤其晦涩冷门。包括"飨庭篁村的《当世商人气质》、斋藤绿雨的《油地狱》和《躲猫猫》、江见水荫的《炭烧之烟》、岩谷小波的《妹背贝》、山田美妙的《二郎经高》、宫崎湖处子的《归省》、北村透谷的《我牢狱》《鬼心非鬼心》《宿魂镜》、正冈子规的《曼珠沙华》"。

倘若把这样一本书放在车站小卖店里，估计根本卖不出去吧。

其中的"第五卷"，其实是前者之中的那个"补充卷"。

也就是说，"《现代日本小说大系》新现实主义芥川龙之介 菊池宽"这本书其实有两种。

在《六之宫公主》之中，"我"读的那个版本，和我一样是"第三十三卷"。

容我补充一句多余的杂谈。

---

(34) 此处指的是日文原书页码。

"大系"最后的三册，最开始是：

别册第一卷　　别册第二卷　　别册第三卷

后来改成了：

第六十三卷　　第六十四卷　　第六十五卷

——啊呀，真是复杂得很。

3

不过，我也想趁这个机会再提一件事。

这套"大系"可以说是在文学全集史上尤其值得大书特书的著名出版物。而我注意到了手中的这本《第三十三卷》的卷末目录中的一句话。

它是这么写的：

〇此外，还将增加"战后"卷数。

《现代日本小说大系》全套有六十五册。

——所以，还有六十六册及以后的书吗？

这一出版史上的谜团，就连翻阅了Yumani书房的《解说集成》，我也没有找到答案。

于是，我拜访了河出书房新社。在对方百忙之中如此打扰，我很抱歉。不过资料室的负责人非常热情地接待了我。

据负责人所说，很可惜，新的"大系"未能完成。预告的"增加卷数"，也没能最终问世。不知，它原本想要收录哪些作家的什么作品呢？

或许，那张已经变了颜色的企划书，就夹在某本老书里，躺在某个旧书店沉睡呢……

我就这样，任凭幻想徜徉。

解 说
米泽穗信

　　大学三年级的那个春天，我想动笔写写小说，但不知道应该写些什么。习作也已经攒了不少，我也不能再用"只是练习一下"做借口了，是时候正式面对小说创作了。那么，第一步应该向何处迈出呢？我一时间感到束手无策。大体来讲，如果想去表现，那么一上来就开始纠结方向恐怕并非正路，最终的结果，也只会导向一个"写自己必须写的"结论吧。这一点我其实多少也是明白的，可是我总归想寻找到一个大略的方针，就像在遥远的大海彼方，能够寻到一丝灯塔的光芒一般。于是，我开始漫无目的地读起了各种书。

　　某个略有些阴霾的日子，我在衣兜里塞了一本文库本，去附近的城迹散步。那个古城正在做残留结构的调查和修复，大多数地方都不让进。不过，或许那一天正赶上暂停施工吧，我只记得当时也没听到什么重型机械工作的响声。我绕进了石垣上头，坐在了一块可能是瞭望楼基石一类装置的大石头上，翻开了那本《六之宫公主》。

　　那时虽然已是春天，但风还比较凉。我只披了一件防风运动服，没围围巾也没戴手套，记得被冻得够呛。不知过去了多久，我用冻僵的手指合上了那本书，我得出了这样一个发现：推理小说是一种可以描绘乃至诠释伟大及崇高之物的小说类型。于是我决定，自己也要创作推理小说。

　　自那天起至今已经过去了十余年，如今我已是一个靠写小说生活的人了。如果那个春天，我没有读到那本北村薰的作品的话，那么我心中对"推理"这种题材的可能性的认识，恐怕会相当狭隘吧。不，还有比那更糟的事，就是说不定在某一天，我会丧失掉学习知识的快乐，以及对知识的敬畏之心。

也正是这份"敬畏之心"，奠定了《六之宫公主》以及这本《太宰治的词典》……甚至包括作家北村薰的，最为坚固的基础。

真没想到，竟然还能再读到这个系列啊——

我想，所有深爱着这个系列的读者都怀揣着这份毫无伪饰的真心吧，我也一样。记得当时阅读本书前作《朝雾》时，大家是目送着初次踏进社会的"我"的背影，祈祷着"我"能在此后的人生之中幸福平安，对"我"做了最终道别的。

能见证出场人物的一长段人生的系列作很多，其实本来也没什么理由认定"我"不会再"回归"了。不过，我之所以自然而然地将《朝雾》当成本系列终章，是因为该系列作为非常优秀的推理小说的同时，也是一种成长小说。而历经"圆紫和我"这整个系列之后，"我"在这部作品之中已经长大成人。

在《朝雾》所收录的《奔来之物》中，谈及落语《烧断的线香》的结尾部分，"我"对圆紫大师说："我可不想在那个地方哈哈大笑呢。"于是圆紫大师回敬道："既然如此，那不笑不就好了吗？"并一脸认真地指出"我"关于这部落语存在记忆有误的情况。犹记得，书中"我"的那种羞愧难当也传染给了当时读到这一情节的我。

如果这件事被写进了《空中飞马》或者《夜蝉》里的话，也就是说，如果"我"还只是大学生的话，圆紫大师大概会用一种敦促我再多多学习的态度，温柔而和煦地劝诫我吧。可是，《朝雾》中的"我"已经不再是学生，"我"是个成年人了，所以就理应承担不够严谨的责备。读到那一场景时，我明白，作为成长小说的"圆紫与我"系列，已经宣告终结了。成年人是无法成为成长小说的主角的。所以，虽然心里感到惋惜，但我明白，"我"的故事已经结束了。

没想到，在《朝雾》出版十七年（！）之后，我又和"我"再一次见面了。真是令人欣喜啊。

归来的"我"，并没有随时光流逝丢失过去那个以"不愿等待就是我的个性"为傲的心。一旦发现某个十分在意的点，"我"一定会不遗余力地搜寻相关资料。那形象就和往昔的《六之宫公主》一模一样。不过，"我"身上也有变化。或者，也可以说是"我"周围的环境等也都变了。可是，在这些变化之中，唯有"我"那颗好学之心，恒久不变。

首先，"我"已经上了些年纪了。大学毕业至今已过二十年有余，"我"一直在三崎书房工作，如今以一名中坚编辑的身份活跃于出版界。"我"已经结婚，还有了一个目前在中学棒球部的儿子。记得过去在《夜蝉》里，"我"表示过"我对丈夫这个词倒是没什么抗拒心"。在《太宰治的词典》里，"我"称呼自己的丈夫是"伴侣"。我离开了位于埼玉的老家，在小田急线的沿线上盖起了自家的房子。这十七年的岁月，平等地沉淀在读者和"我"的生命之中。

作为成长小说，这个系列的确已经结束了。现在，它作为一本关于成年人的小说，再度回到了我们面前。

"我"和圆紫大师的关系也有变化。

"圆紫与我"这个系列确立了"日常的谜团"这样一种推理形式，并对很多作家——当然也包括我在内，产生了极大影响。在该系列中，圆紫大师无疑是一位"名侦探"。面对"我"提出的疑问，他会立刻给出答案，同时还会通过解谜的过程，将人性之中的无奈与美丽，传达给故事中的"我"。

不过令人惊讶的是，这一次圆紫大师并没有扛起侦探的角色。他就只是稍稍提示了一下谜团而已。在《六之宫公主》里，圆紫大师也出过谜题，但实际上他基本已经知道了谜题的答案。那个谜题，是为了给正在撰写毕业论文的我指点方向所以才提出来的。在本书之中，圆紫大师也对我提出了疑问，不过，这一次的问题他本人也并不知道答案。也就是说，圆紫和"我"的关系，已经不是单方面的教育者和单方面的受教育者的关系了。

如今的圆紫已经是名副其实的大师了。本作之中，他表演的落语曲目为《佐佐木政谈》。在书中读到圆紫大师在故事的讲述表演上所下的功夫，也是我阅读本作时十分享受的乐趣之一。在《哧溜哧溜》中，那名常客有意阻挠帮间一八的恋情，结束时令人心中不爽。而圆紫则在表演时，将这部分内容改成了客人对帮间要私会心上人一事一无所知，并坦白"这或许是我在落语表演上的弱点吧"。此外，圆紫大师还将《御神酒德利》中"一对德利不翼而飞"的剧情，改成"只有一只德利找不到了"，以衬托其中推理的趣味。

不过，这一次，圆紫大师和"我"并没有讨论落语表演上的巧思。每一句话之中自然存在某些意义，即句句包含表演构思，这就是表演者在艺能上的投入，所以圆紫并非未下功夫。不过，在表演过后，他们不会再度故意提起这些构思了。"我"也不会去问圆紫大师"某处是特意设计的巧思吧？"这类的话了。这也可以说是二人的关系产生了微妙变化的一种体现吧。圆紫大师告诉"我"，《佐佐木政谈》是他向古今亭志朝学来的，或许是为了对老师表达敬意，所以他们有意没有在其中加入自己的巧思吧。不过，我首先感受到的其实并不是这一点。

　　我认为，这正是真正的大师风范的体现。

　　这本书中的"我"，此次是以皮埃尔·洛蒂为切入点，踏上了一场与芥川、三岛、太宰皆有关联的旅程。还添加了一些周边的细节，它们或许也勾起了和"我"一样等不及了的读者的兴趣。

　　《花火》一章中提到了芥川龙之介对皮埃尔·洛蒂的《日本印象记》的改编，芥川的这部作品名为《舞会》。在这一章开头的位置，"我"作为三崎书房的一名编辑造访位于矢来町的新潮社，并和学生时代曾经目睹的那面玄关大厅墙上的雕刻再会了。

　　根据新潮社的《人类文字 新潮社·大厅雕刻指南》所述，这个墙面的雕刻，是从古今东西的文化结晶之中选出的二十六段文字组成。作品中的"我"注意到的有《源氏物语》《奥州小路》以及杜甫的《登高》。在"我"眼中，这面墙上的大部分文字"我"都读得云山雾罩，这也自然，因为二十六段文字之中还有古埃及象形文、腓尼基文等。一眼看过去，肯定无法理解它的内

　　　　　　　　　　　　　　　　　　　　　　　　　　　　　　　解说

容。顺带一提，这面墙最靠右的位置，也就是打头位置的，是从古登堡版四十二行《圣经》引用的《约翰福音》。这或许也是对活字印刷术的一种致敬吧。

出现在芥川作品之中，并出现在三岛对芥川的评价之中的"安托万·华托"，是一位活跃于十八世纪的法国画家。《舞会》中，那名日本少女被誉为"简直就像安托万·华托画中的公主一样"。而在《花火》一章中，也引用了这段话并落下了帷幕。这不禁令人好奇起来——芥川脑中的那幅"安托万·华托的画"，究竟是什么样的呢？

从结果看来，仅就《华托全作品》（中央公论社）这本书来讲，华托并没有哪幅作品和鹿鸣馆的舞会相似。他比较擅长将人物放置于一片田园风景和大自然之中，就算是画过有舞蹈元素的画，内容也是乡村的热闹庆典，或者在庭院里起舞，气氛十分悠闲怡然。并没找到任何描绘正式场合的舞会的作品。在《舞会》中，华托的画被描绘成是"幽暗森林的喷泉和逐渐凋敝的蔷薇的幻梦"一般的风格，所以芥川应该是知道华托并没有画过和鹿鸣馆有关的绘画，但仍旧因为这位画家的名字能烘托出某种洛可可式的气氛，于是才在文中提到他的吧。那么，法国人洛蒂又是在什么样的文脉之中提及华托之名的呢？还是说，他本身并没有提及过这个名字呢？读过《日本印象记》的"我"，其实已经知道答案了吧？那么，让我们回归正轨，回到《花火》之中。

"我"引用了三岛的评论，在这些评论中有这样的一段："芥川他……明明不适合讽刺与冷笑，却被迫戴上了讽刺与冷笑的假面浮沉于世间。"

"对啊……"我在恍然大悟的同时，又想到了芥川的一生，于是内心不由得感到沉重。在如此令人不禁落泪的一句话后，北村薰却没有做任何后续的补充描述。这一节就此结束。叙述也转而放在了新的一天上。我想，如此绝妙的节奏感，也是北村薰写作技巧的一大特征吧。

接下来的《女生徒》一章，正如其名，是围绕着太宰治的作品《女生徒》展开的。很高兴读到小正，也就是高冈（旧姓）正子也在本章之中登场。

我之所以高兴，是因为作为一名"圆紫与我"系列的忠实读者，看到"我"的好朋友再度登场。不过，就算是没有读过系列前作的读者，应该也能从好友再会的场面之中感受到那种欣喜的情绪吧。这一段再会非常自然地将好友之间那种温暖融洽展现了出来，描写得非常精彩。

在这一章的开头部分，一位古希腊哲学专业的教授提到了一本名叫《女子高中生的镇魂曲》，这本书被收录在了早川推理系列之中，书中的老师说自己"忘了作者是谁"。其实这本书作者名为伊万·T.罗斯（Ivan T. Ross）。他的其他作品还有《高中杀人事件》以及以罗伯特·罗斯纳（Robert Rossner）名义出版的《彩虹尽头》等，其实，这些信息只要上网查查就能找到。其实上面这些内容，我也是在网上搜的（不过为了"求证"，我也看过实物了）。

当然，以博识强记著称的北村薰是不可能忘了罗斯的名字就直接继续写下去的。无须多言，他会这么写，也是出于对小说结构的设计，才有意没有提及罗斯的名字。那是一本古希腊哲学教授四十年前读过的推理小说，如果他至今还能记得作者，那应该就是作者本人突然"现身"了片刻所致吧。

在"我"和小正对话的过程中，她们从三岛对芥川的"洛可可"评价，转移到了《女生徒》上。"我从年轻时代起，就很喜欢'洛可可'这个词"——这句话其实在该系列的第一部作品《空中飞马》之中就能寻到蛛丝马迹。因为"我"说过比起咖啡更喜欢红茶，所以圆紫大师领"我"去了一家提供美味红茶的咖啡店。随后，在店内围绕着"砂糖"又展开了一番描写。而"我"在店内告诉圆紫大师"我总觉得咖啡像巴洛克的风格，而红茶像洛可可"。

本书中的"我"已经不再年轻了。所以"我"当然不会说"咖啡像巴洛克风格，所以我不喜欢"一类的话。如果有条件在红茶和咖啡之间挑选的话，"我"基本还是会选红茶。但如果买了比较适合配咖啡的餐食——具体点讲就是"季节限定蛋包饭饭团加南瓜"便当的话，"我"就会选择热咖啡。可即便如此，"我"依然没有忘记自己当初喜爱洛可可时的那种心情。对洛可可的亲昵之情在本书中随处可见，洛可可在接下来的一章中还成为故事的"主轴"。可以说，"洛可可"本身就是贯穿这本小说整体的一个主题了。

最终章《太宰治的词典》中，圆紫大师终于登场，真令人忍不住要大喊一声"但望尽兴！"了。

圆紫大师告诉"我"，《二十世纪旗手》之中那句著名的"生而为人，我很抱歉"，其实并非太宰治本人所写。它其实是一位名叫寺内寿太郎的诗人写下的一行诗，诗名为《遗书》。

至此，贯穿本书的另一个主题"翻案"便显现了出来。芥川翻案了洛蒂的《日本印象记》，创作了《舞会》。太宰治翻案了有明淑的日记，写下了《女生徒》。而太宰治将寺内寿太郎的《遗书》，写成了《二十世纪旗手》的副标题，这也是一种翻案吧。在本书中《舞会》《女生徒》《二十世纪旗手》的副标题……可以说是翻案程度渐次变小的排列顺序了。

　　"我"认为《舞会》借用了洛蒂的世界，是因为想展现"仿佛外国人透过西洋镜所观察到的日本，乃至鹿鸣馆……是感受到了双重'虚构舞台'的必然性"。也就是说，芥川是将洛蒂的真实经历当作创作的材料。而关于《女生徒》，书中写道："写到这里时，有明淑就是太宰治"，同时又写道："得知那段精彩的开场，还有同样精彩，不，是更加精彩耀目的结尾部分是出自太宰本人之手，我为此感到高兴。"一方面，"我"认为太宰治的确直接挪用了有明淑的文章，另一方面，"我"又为太宰自身创作时的绝妙文笔感到欣喜。

　　关于诗作被引用成为副标题的寺内寿太郎，"我"认为他"很可怜"。虽然"寺内脸色煞白地说'这简直就像是偷了我的命一样！'"可太宰依然没有在自己的作品里标上寺内寿太郎的名字。"我"的看法是"这或许就是他（太宰）作为创作者的'诚实'体现吧"。

　　至此章节，本书中随处穿插的各个细节得到了收束。芥川在《舞会》中，没有使用朋友译作的名称《阿菊》，而是用了《阿菊夫人》，北村薫在描绘那位希腊哲学教授时，让他"忘记了"那名创作《女子高中生的镇魂曲》的作者，这些都体现了创作者们在面对作品时，坚持"不想写就不会写出来，小说就是要写该写的"，并贯彻这种真诚姿态的结果。

　　作家会为完成一部小说做很多事。圆紫大师也曾说："在当时，最后能不能署名'作者'，似乎还要看作家本人的能力了。或者，也可以说是'魔力'，要拥有远超常人的能力才行。"也可以说，作家是向着更高处去书写小说的，他们无法平视自己的左右吧。"表现的魔力"会掠夺各种事物。可是……对于遭受掠夺的诗人寺内来讲，这未免太过残忍了，不是吗？

　　北村薰在本书所引用的众多诗句之中，唯独将寺内寿太郎的那首一行诗框了起来。这是一种哀悼，那线条组成的框也成了一座墓碑（在本书文库化后收录的随笔《一年后的〈太宰治的词典〉》之中，作者也使用了"墓碑"一词）。《六之宫公主》最末尾的那封菊池宽写给芥川的结婚贺信，也一样被线条框住了，我想，很多读者应该也还记得吧。

　　此次的文库化，又将随笔《两部〈现代日本小说大系〉》与《一年后的〈太宰治的词典〉》，以及一部短篇《白色的清晨》收录了进来。这两篇随笔，分别是《六之宫公主》和本书《太宰治的词典》的补充内容。

　　《白色的清晨》原登于《鲇川哲也与十三个谜团（1990）》，后被收录在《纸鱼家崩坏》（讲谈社）中。在《纸鱼家崩坏》文库化之际，负责该书解说的西山仁指出，在《白色的清晨》中登场的那名"亲戚家的孩子"正是年幼时代的圆紫大师。

　　此次《白色的清晨》被收录进这本《太宰治的词典》之中，也证实了这一说法的准确性。

"我"的文学侦探之旅，在前桥落下了帷幕。那么，她还会再回到我们眼前吗？

这世上有无数的故事，在每一个引人深思的故事中，都有一个待解的谜团。那么当不愿等待的"我"，再度和引人深思、充满谜团的文字相会，我一定会又一次踏上侦探之旅的吧，并且，还会在圆紫大师的博学帮助之下，为寻找想要读到的那本书而东奔西走吧。

所以，我们一定还会再见到"我"的。如今，我坚信这一点。

导 读
日常之谜：正视身边的人和生活细节

1987年，是日本新本格推理的"元年"。那一年，绫辻行人带着《十角馆事件》横空出世，打破了自松本清张以来推理文坛被社会派统治的局面，将轻松、娱乐、想象力重新带回推理小说中。

接下去的短短三年，涌现出了一大批富有才华的年轻作家，如法月纶太郎、我孙子武丸、麻耶雄嵩、歌野晶午、折原一、二阶堂黎人、有栖川有栖等。接下来的十几二十年里，他们的新本格推理作品一直是推理市场上的中流砥柱。有趣的是，在这几年里还有一位刚刚出道的新人，他一开始在新本格赛道竞争，多次尝试后开始主攻社会派，最终凭借超强的写作技巧和精彩的写作主题成名，他的名字叫东野圭吾。

可见，日本的现代推理自1987年以来始终是用社会派和新本格两只脚在前行。社会派低头，目光凝视脚下的土壤，观察残酷社会中的真实人性。新本格仰头，用想象眺望浩瀚星空，构筑奇思妙想下的理性世界。

1989年，日本推理界的传承正在延续，新一代的推理作家势头正盛，泡沫经济也来到了历史最高点，一切欣欣向荣。就在这一年，有一位不愿意透露真实身份的作家发表了一本推理短篇集《空中飞马》。

这是一本看起来平平无奇的推理作品，它并没有通过经济、阶层、官僚等因素来反映很深刻的主题，也没有夸张的、天马行空的诡计，甚至没有出现恶性刑事案件。恰恰相反，这是一本恬淡的"日常之谜"。

——没有仰视，也非俯视，而是正视出现在身边的人和发生于日常生活里的谜题。

一年后，日本泡沫经济破碎，千万普通人的生活一夕之间发生翻天覆地的变化，但生活还要继续。除了控诉无情的社会机器，或埋首让自己感到舒适的乌托邦，那种缓慢的真实生活、平淡的一日三餐、最小单位的人和事，虽许久未见，却同样重要。1990 年，《空中飞马》的同系列续作《夜蝉》获得日本推理作家协会奖，标志着主流推理文坛对"日常之谜"这一类型的认可，受到《空中飞马》感召而进行创作的推理作家和作品也开始变多。

如今，日常之谜依然属于小众，但它诞生之初便从大开大合的"虚构推理"中脱颖而出，几代日常之谜作品中呈现的不同时代下普通人的"真实感"，能让读者有极强的代入感。看这些书，仿佛我不是台下的观众，在看一场舞台上聚光灯下年代久远的经典推理秀，而是故事就在刚刚发生，就在我隔壁的座位。

我在十几年前就读过北村薰的"圆紫大师与我"系列，当时的我极度沉迷《××馆杀人事件》这种类型的小说，当我读完《空中飞马》后，第一感觉是"淡"，第二感觉是"怪"。

淡，是因为书中没有发生任何"值得一提"的大事。作为一本收录多个短篇的推理小说，谜团居然都围绕着"为什么她要在红茶里面加那么多糖""做梦梦到一个没见过的历史人物""车上的椅套怎么不见了"这种生活中随处可见的小事。而且，主人公也并非什么了不起的私家侦探或屡破奇案的孤僻天才，而是一个名为"春樱亭圆紫"的落语大师，相当于我们中国的相声演员。虽说他小有名气，专业技能过硬，但怎么看都像一个邻家大叔。最关键的是作品的主视角"我"，自然也不是名侦探的助手，而是一个再平凡不过的十九岁大一新生。

怪，是因为违背了对写作结构的预期。我原以为既然是推理小说，那么"日常之谜"重点也应该在"谜"上，但其中有一篇小说，"谜"几乎在最后十分之一处才出现，紧接着落语大师出场，瞬间破解。和其他开篇即有悬念有案件的小说相比，"日常之谜"的重点却是在日常上。

这时我才恍然大悟，"日常之谜"不是"谜之日常"，日常本身是平凡的，只是日常中包含有一定的谜团。它们可能只占日常的十分之一，但也需要你的耐心、细心和关心才能发现，进而破解。

当然，以上都是主题和创作层面的总结，如果要细看，我发现书中即便是微小的谜团，也有令人意外的展开和充满巧思的诡计。而日常部分，女主角和同学、长辈的沟通，她的所思所想，竟如此真实且犀利。

所以看完《空中飞马》，我便很好奇该系列的后续作品，因此第一时间找来阅读。

北村薰的第二作《夜蝉》从收录5个短篇，变成了3个短篇。而增加的篇幅并没有用于在谜题部分大做文章，而是更加肆意地描写日常的复杂情绪。如果说第一本的主角只是一位单纯稚气的大一学生，这本中升入大二的女主角则和世界有了更深的连接，思考的问题也更加深沉、细腻。

1991年发表的《秋花》，是这个系列第一本长篇小说。我们一路跟着主角，从大一时的天真童趣、朝气蓬勃，大二时的平静舒缓、略带哀愁，到大三时终于开始直面一个人的死亡，我们不得不长大，接受一些不堪和无奈的事情，即便我们对此早有预料。本作中，"侦探"并没有前置，北村薰依然用日常的笔触，聚焦于平凡个体在历经成长时的失去和寻问。此外，在文本层面，短篇到长篇的变化映射了"成长"这一关键词，如今回头看真的要为作者击节叫好。

系列的第四本《六之宫公主》是其中最特殊的一本，大四的女主角为了写毕业论文，展开了关于芥川龙之介《六之宫公主》的调查。这是真实的历史，但不算未解之谜，硬要说的话，算是"历史日常之谜"吧。在我看来，这也许是"日常之谜"的本质，随着角色的成长，关注的问题随之变化。在伦敦公寓破解皇室钻石被窃的是神探，而在大四的课间思考论文怎么写，是"我"的日常。

"我"的日常？一直读到这本，我才惊觉，我居然还不知道女主角叫什么名字，她一直隐藏在"我"这个人称之后，我们却真实而诚恳地和她一起走过了大学时光。原来，日常之谜写的不是"ta"的故事，而是"我"啊。

系列的前四本，北村薰以一年一本的速度出版。作品中，女主角也是一年一年地成长。但之后的《朝雾》一直到1998年才正式出版，书中的女主角也已经成为一名编辑。时隔多年，再次相遇，就像毕业几年后的同学聚会，有很多东西变了，比如"我"和落语大师不像以前那样频繁联系，比如"我"没有大把时间去读书，比如自我成长型的烦恼变成了工作中的困扰。但有更多的东西没有变，比如《朝雾》回到了《空中飞马》的短篇形式，比如"我"的日常平淡得和大一时一样，比如"我"依然保持对真实生活细节的好奇，依然能发现随处可见的"日常之谜"。

新的成长开始了，生活是步履不停的。从《朝雾》回望《空中飞马》的那一刻给我带来了极强的能量与宽慰。

很少有推理小说能像个好友一样，给予我"陪伴感"，所以当我得知北村薰的这个系列完结的时候十分不舍。

多年来，我也一直在合适的场合推荐朋友这套书，但遗憾的是一直没有简体中文译本出版。

十月底，"轻读文库"的老师联系我，说这套书他们准备引进出版，并且这一次，还有此前未有过中文译本的第六作《太宰治的词典》，这让我喜出望外。

但一上头答应写这个系列的"导读"后，我又有几分忐忑，一方面我真的很想推荐给所有人（不仅限推理迷），另一方面，我又觉得这个系列其实更像一个朋友，一个名为"我"的朋友。

把它带来的是"轻读文库"，真正和它接触交流的是诸位读者自己。与其介绍这位朋友的出生、成就和名气，不如谈谈我自己接触下来的感受。

祝大家享受阅读，享受每一刻日常。

陆烨华

产品经理: 杨子兮
视觉统筹: 马仕睿 @typo_d
印制统筹: 赵路江
美术编辑: 梁全新
版权统筹: 李晓苏
营销统筹: 好同学

豆瓣 / 微博 / 小红书 / 公众号
搜索「轻读文库」

mail@qingduwenku.com